光文社文庫

文庫書下ろし／長編時代小説

初心

鬼役 三十三

坂岡 真

光 文 社

この作品は光文社文庫のために書下ろされました。

目次

※巻末に鬼役メモあります

幕府の職制組織における鬼役の位置

- 将軍
  - 大老
    （臨時で置かれる）
  - 老中
  - 京都所司代
  - 側用人
  - 大坂城代
  - 寺社奉行
  - 奏者番
  - 若年寄
    - 書院番頭
    - 小姓組番頭
    - 林大学頭
    - 小普請奉行
    - 西丸留守居
    - 百人組頭
    - 新番頭
    - 目付
    - 徒頭
    - 小納戸
    - 奥右筆組頭
    - 表右筆組頭
    - **膳奉行**
    - 賄頭
    - 小石川御薬園預
    - 鳥見
    - 大坂定番

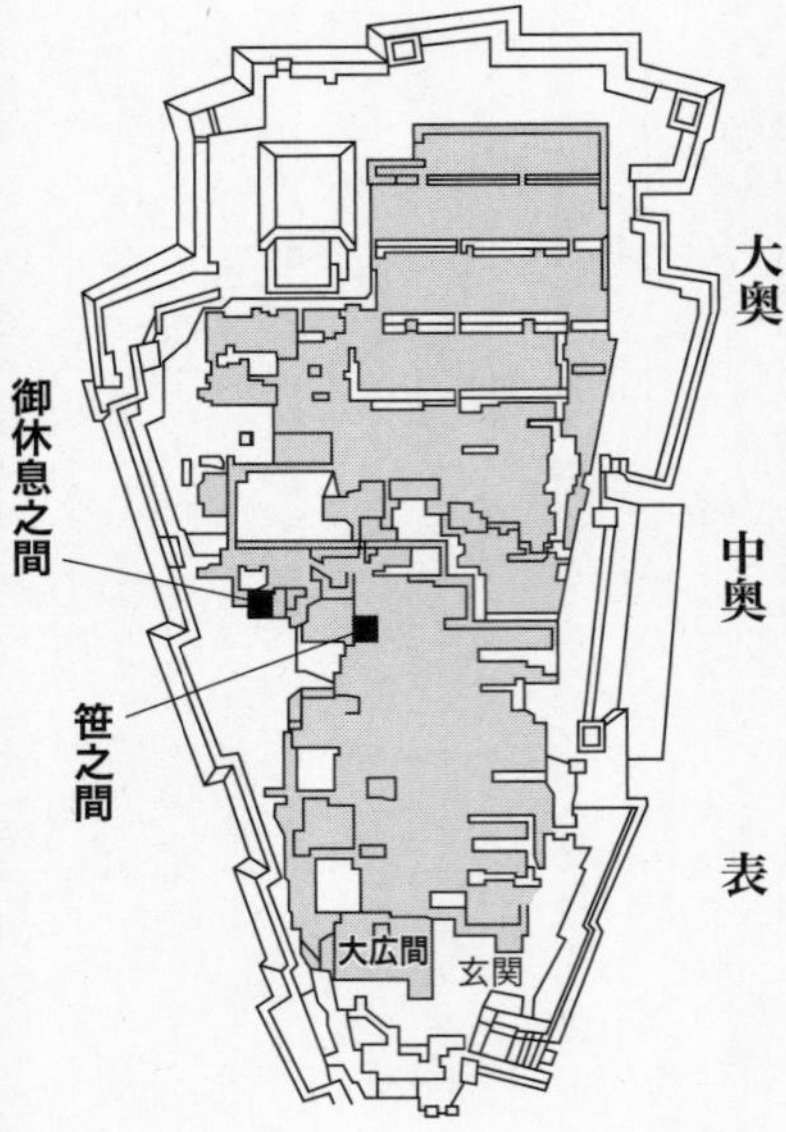

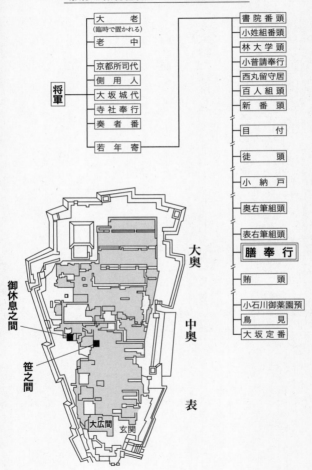

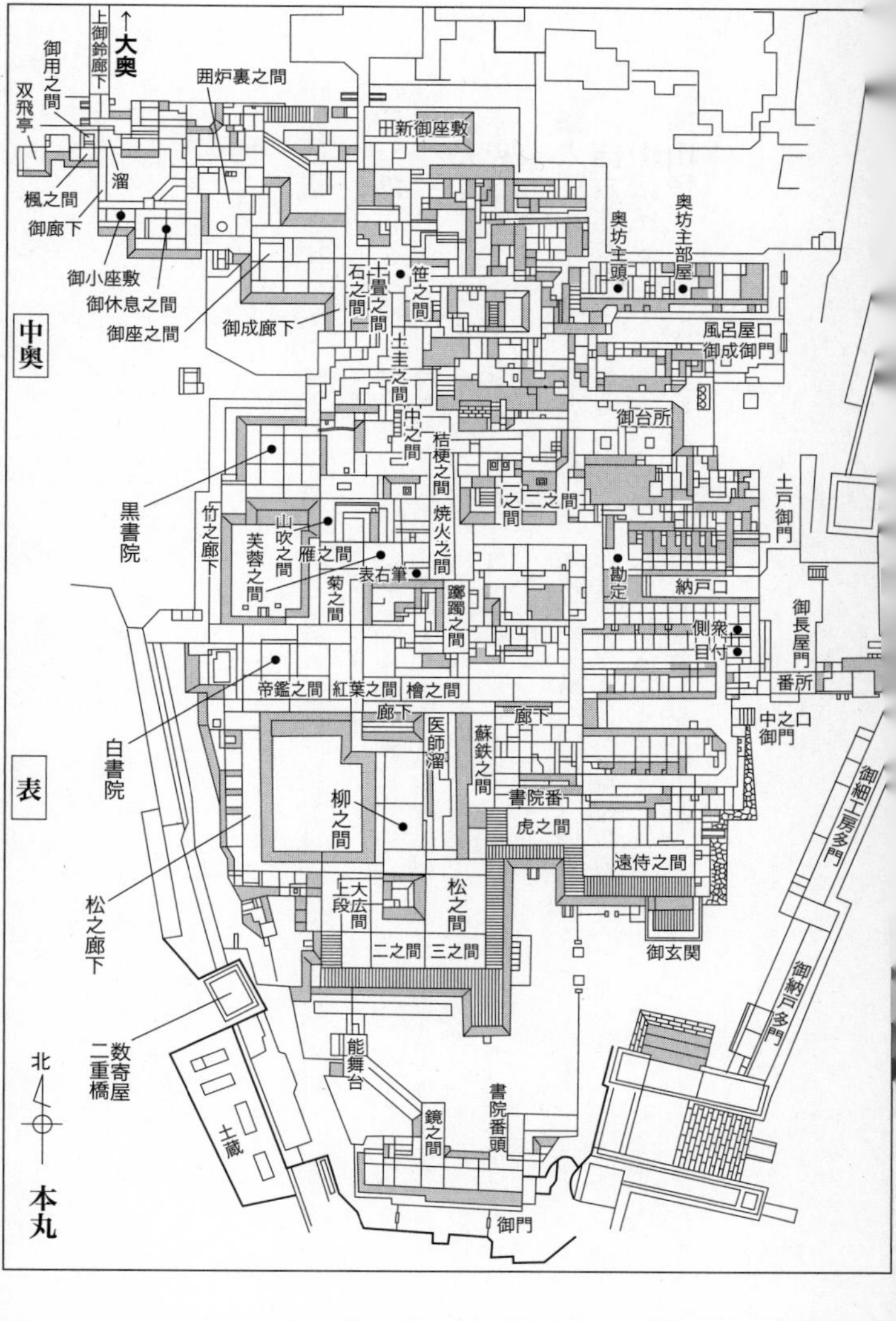
大奥
上御鈴廊下
御用之間
双飛亭
囲炉裏之間
新御座敷
溜
楓之間
御廊下
御小座敷
御休息之間
御座之間
御成廊下
石之間
十畳之間
笹之間
土圭之間
中之間
奥坊主頭
奥坊主部屋
風呂屋口御成御門
御台所
中奥
黒書院
竹之廊下
山吹之間
芙蓉之間
雁之間
表右筆
菊之間
桔梗之間
焼火之間
一之間
二之間
勘定
納戸口
土戸御門
躑躅之間
側衆
目付
御長屋門
番所
帝鑑之間
紅葉之間
檜之間
廊下
廊下
医師溜
蘇鉄之間
中之口御門
白書院
表
書院番
柳之間
虎之間
遠侍之間
御細工房多門
松之廊下
上段
大広間
松之間
二之間
三之間
御玄関
御納戸多門
能舞台
数寄屋二重橋
北
土蔵
書院番頭
鏡之間
本丸
御門

主な登場人物

矢背蔵人介……将軍の毒味役である膳奉行を長く務めた後、職を解かれ、小姓頭取格奥勤見習となり、〝影鬼〟を命じられる。

卯三郎……納戸払方を務めていた卯木卯左衛門の三男坊。わけあって天涯孤独の身となり、矢背家の養子に。その後、蔵人介の跡を継ぎ、膳奉行となった。

志乃……蔵人介の養母。薙刀の達人でもある。洛北・八瀬の出身。

幸恵……蔵人介の妻。徒目付の綾辻家から嫁いできた。蔵人介との間に鐵太郎をもうける。弓の達人でもある。

鐵太郎……蔵人介の息子。大坂の緒方洪庵の下で、蘭方医になるべく修業中。

串部六郎太……矢背家の用人。悪党どもの臑を刈る柳剛流の達人。

土田伝蔵……公方の尿筒持ち役を務める公人朝夕人。養父伝右衛門亡き後、家督を継ぐ。

遠山景元……大目付。北町奉行の在任時、蔵人介と懇意になる。

鬼役 三十三

初心

隻眼禅師《せきがんぜんじ》

一

鬼は人に禍《わざわい》をもたらすものと教わった。

鬼が人を救うはなしなど聞いたこともないし、ましてや、世間から見捨てられた弱き者たちの願いなどかなえてくれるはずがないと、今でもおもっている。

どんなに辛くとも、生きてさえいればよいことにめぐりあえる。

幼いわたしにそう諭してくれたのは、離れ瞽女《ごぜ》の母だった。

生まれつき目がみえず、三味線を掻《か》き鳴らしながら唄う門付《かどづ》けで生活《たつき》を立てる。

雪深い越後《えちご》の城下町には瞽女という目のみえぬおなごだけの仲間があり、母も十を過ぎたころからずっと仲間内で世話になっていたという。ところがあるとき、仲間の掟《おきて》を破って客と懇《ねんご》ろになり、身籠《みご》もってしまったがために、誰の助けも借りずに稼がねばならぬ離れ瞽女として生きることを余儀《よぎ》なくされた。

長い冬が過ぎて春になれば、菜の花の香りを楽しむこともできる。春菜《はるな》と名付けられたわたしは、菜の花の香りばかりか、春野一面が黄金《こがね》色に彩られた景色を目に映すことができた。それゆえ、物心ついたときから母の手を引いて旅暮らしをつづけたが、三国《みくに》街道の高崎宿《たかさきしゆく》で病がちだった母を亡くしてからは、伊香保《いかほ》の温泉郷で白芸者《しらげいしゃ》をやりながら十八になるまでどうにか食いつないできた。

「もちっとだけ、もちっとだけ生きてみよう」

耳に焼きついて離れぬ母のつぶやきを、辛いときは呪文のように唱えた。

「千代田《ちよだ》の御城には鬼が棲《す》んでいるのさ」

そんなはなしを小耳に挟んだのは、中山道板橋宿《なかせんどういたばし》の旅籠《はたご》で下女《げじょ》奉公に勤《いそ》しんでいたころだ。教えてくれたのは歩き巫女《みこ》の老婆に連れられた十ほどの童女《どうじょ》で、名はたしか凜《りん》といった。

凜は不思議な力を持っており、ご先祖から引き継いだ「龍の涙」と呼ばれる水晶玉に吉凶の兆しを映しだすことができる。袖すり合っただけの縁であったが、凜のことが忘れられない。何しろ、十九のわたしは水晶玉に映しだされた光景のとおり、宿場外れで何者かに拐《かどわ》かされ、何処《いずこ》とも知れぬ石牢《いしろう》の奥に穿《うが》たれた穴蔵に閉じこめられたあげく、今もこうして寒さと恐ろしさに、がたがた震えているのだ。

誰に拐かされたのかも、拐かされた理由もわからない。わかっているのは、わたしと同じような妊婦《はらみおんな》が集められていることだ。目隠しの隙間《すきま》から垣間《かいま》見た光景は異様なもので、石牢の片隅には怪しげな祭壇が築かれ、黒衣の行者《ぎょうじゃ》がこちらに背を向けた恰好《かっこう》で座っていた。

じつを言えば、それは凜から告げられたのと同じ光景にほかならず、今からおこなわれるであろう凄惨《せいさん》な儀式のあらましも知っていた。ただ、人身御供《ひとみごくう》に捧げられるのが誰なのかは判然としない。

「逃れることができたら、御城の鬼に助けを求めて」

と、凜は別れ際に告げてくれた。

もちろん、そうしたい。でも、どうやってこの石牢から逃れよというのか。

手燭《てしょく》の炎が燃え尽きようとしていた。

じっと耳を澄ませば、大勢の唸《うな》り声が聞こえてくる。

かたわらに座るおなごが、ぎゅっと両耳をふさいだ。

昨夜、ともに穴蔵へ連れこまれたおなごであった。名は知らぬ。顔の上半分は前髪に隠れ、腹は大きく膨《ふく》れていた。おそらく、十月十日は過ぎていよう。わたしよりも遥《はる》かに大きいと、春菜はおもった。

――ぎぎっ。

重い軋《きし》み音とともに、石の扉が開かれる。

「ふたりとも、出ろ」

誰かに威嚇《いかく》されて立ちあがると、頭が天井にぶつかった。

前髪のおなごにつづき、這《は》いつくばるようにして扉の外へ出た。

穴蔵から出されても、ここが石牢の内であることにかわりはない。

片隅には祭壇が設けられ、大勢の老若男女が三方から囲んでいる。

こちらには目もくれず、一心不乱《いっしんふらん》に明呪《みょうじゅ》を唱えていた。

重苦しい響きが、下腹にずんずん伝わってくる。

春菜は恐ろしくて、声を失ってしまった。

「ひぇっ」

前髪のおなごが、短く悲鳴をあげる。

祭壇には髑髏《されこうべ》が奉じられ、明呪に合わせて目や鼻の空洞から何匹もの蛇がにょろにょろ這いだしてきた。

黒衣の行者がこちらに背を向けたまま、陀羅尼《だらに》の真言《しんごん》を唱えだす。

「オン・キリカクウン・ソワカ、オン・キリカクウン・ソワカ……」

銅鈴《どうれい》のかわりに石を打ち、頭には烏帽子《えぼし》をつけている。

突如、行者が振りむいた。

「うっ」

炯々《けいけい》と光る眸子《まなこ》は、ひとつしかない。

「ふはは、これをみよ……」

行者は硝子《ガラス》の容器を取りだし、信者らしき者たちの面前へ差しだした。

容器を満たす濁った液に浮かんでいるのは、人の目玉にちがいない。

「……心眼《しんがん》じゃ。おぬしらのことも、世の中のことも、すべてお見通しよ。そこにおる淫売《いんばい》どもが媾《まぐわ》った相手もわかっておる。上州《じょうしゅう》の荒れ寺を塒《ねぐら》にする道心者《どうしんもの》どもであろう。気まぐれな水戸《みと》家の当主に寺を潰《つぶ》され、路頭に迷ったあげくに辻強盗《つじごうとう》と化した者も紛《まぎ》れておろう。いずれにせよ、この世に怨みを抱く者たちじゃ」

そうであったかもしれぬが、氏素姓はよくわからない。十月ほどまえ、宿場外れの木賃宿《きちんやど》に連れこまれて乱暴されたあげく、子まで身籠もってしまった。その子を産もうとおもったのは、母の喜ぶ顔が脳裏に過《よ》ぎったからだ。

「おまえを産んでよかった。ほんによかった」

母はわたしにそう言ってくれた。

この世に生まれてはいけない子などひとりもいない。たとい、過酷な運命が待ちうけていようとも、子を産みたいと強く願った。

もしかしたら、それが仇《あだ》となったのか。

「穢《けが》れた淫売どもめ」

行者は吐きすて、布で顔を隠した手下たちに顎《あご》をしゃくる。

祭壇のまえに連れていかれたのは、前髪のおなごのほうだった。

着物を乱暴に剝《は》ぎ取られ、一糸纏《まと》わぬすがたで戸板に寝かされる。

みてはいけないとおもっても、目を背けることができなかった。

信者たちは表情も変えず、一心不乱に明呪を唱えている。

行者はいつのまにか、小刀を手にしていた。

鋭利な刃をおなごの膨れた腹に突きたてる。

「ぎゃああ」

この世のものともつかぬ悲鳴が石牢に響きわたった。

行者は血だらけの赤子《あかご》を取りあげ、立ちあがって振りむくや、赤子の足首を握って高々と掲げてみせる。

「みるのだ。目を逸《そ》らしてはならぬ」

尋常ならざる光景に、春菜は気を失いかけた。

怪しげな手下たちが機敏に動き、琥珀《こはく》色の液が入った盥《たらい》を運んでくる。

行者は赤子を逆さにぶらさげたまま、頭から足先まで何度も液に浸す。

ほんのりと甘い香りが漂ってきた。とろみのある液の正体は蜜であろうか。

「こやつは百年後、木乃伊《ミイラ》となって甦《よみがえ》る。さあ、祈れ。この世に渦巻く怨念を閉じこめるのじゃ」

信者たちの唸り声はいっそう大きくなり、凄惨で酷《むご》たらしい儀式をもりたてていく。

「あの者を連れてこい」

行者が厳《いか》めしげに命じると、絹の打掛《うちかけ》を纏った武家女が連れてこられた。

「おぬし、水戸家の大奥《おおおく》に仕える局《つぼね》であったな。唐橋《からはし》なる側室を呪詛《じゅそ》してほしいと、人を介して頼みこんできおった。にもかかわらず、怖《お》じ気《け》づいて中途で止《や》めると言いだした。ふん、さようなことが許されるとおもうのか。考えなおすなら今ぞ。さあ、しかとこたえよ……」

前髪のおなごは眸子を瞠《みは》り、戸板のうえで血だらけになっている。

局はそちらをみまいと身を強張《こわば》らせ、歯の根が合わせられぬほど震えていた。

「……ふふ、恐ろしゅうてこたえられぬか。命乞いしたくば、布施《ふせ》が要《い》るぞ。おぬしの身分なら、低く見積もっても五百両じゃ。ほう、寄進《きしん》できぬと申すか。ならば死ね、今すぐ逝くがいい」

行者は隻眼《せきがん》で部屋の片隅を睨《にら》みつける。

「捨《すて》、こっちに来い」

暗がりからのっそりあらわれたのは、黒い布で顔を覆った雲をつくほどの大男だ。

「殺《や》れ」

行者は平板な口調で命じた。

大男は躊躇《ためら》いもみせず、片手に握った幅広の刃物を振りあげる。

――ひゅん。

凄《すさ》まじい刃音とともに、局の首が落ちた。

ばっと血飛沫《ちしぶき》が散っても、信者たちは誰ひとり見向きもしない。

捨と呼ばれた大男は生首を拾い、祭壇に祀《まつ》られた髑髏の脇に置いた。

「オン・キリカクウン・ソワカ、オン・キリカクウン・ソワカ……」

黒衣の行者は髑髏と生首に向きあい、ふたたび、陀羅尼を唱えはじめる。

春菜の顔からは表情が抜け落ちていた。

恐怖と忍耐の極限を超えてしまったのだ。

凜からあらかじめ、告げられていたせいもあろう。

摩訶《まか》不思議な水晶玉には、髑髏と生首が祭壇に並ぶ陰惨な光景が映しだされていた。

やはり、千代田の御城に棲むという鬼に救いを求めるしかない。

――もちっとだけ、どうか、もちっとだけ。

生かしてほしいと胸の裡《うち》に訴えても、望みが薄いことはわかっている。

この身が石牢から無事に逃れた光景は、水晶玉に映しだされていなかった。

それでも、祈らずにはいられない。戸板のうえで腹を裂かれるような死に方だけはしたくないと、春菜は心の底からおもった。

二

天保《てんぽう》十五年、弥生《やよい》の初め。

矢背蔵人介《やせくらんどのすけ》は眸子を瞑《つむ》り、夕餉《ゆうげ》の御膳立てを脳裏に浮かべた。

御台所門のそばにある大厨房《おおちゅうぼう》を覗《のぞ》いたわけではないが、公方《くぼう》に供される日々の献立はおおよそわかる。

一ノ膳の汁は白身魚のつみれに柚子《ゆず》皮散らし、平皿に盛りつけられた刺身は桜鯛《さくらだい》であろう。抱卵した真鯛《まだい》の雌《めす》は桜色に彩られ、見た目にも美しい。手際よく三枚におろし、切り身を煎り酒《いりざけ》で食せば、こりこりとした歯ごたえを堪能《たんのう》できる。

煮物も忘れてはなるまい。大蕪《おおかぶ》の葛餡《くずあん》かけや石鰈《いしがれい》の煮付けなどもありそうだが、このところのお気に入りは鯛豆腐である。鱗《うろこ》と腸《はらわた》を除いた真鯛を深鍋に丸ごと入れ、中火でことこと煮る。そして豆腐をくわえ、酒と塩と少量の醤油で味を調《ととの》えて仕上げ、三つ葉の微塵《みじん》切りを薬味にして食す。

公方家慶《いえよし》に「頬落舌躍《きょうらくぜつやく》の味なり」と言わしめた一品だ。

「さぞ美味《うま》かろうな」

桜鯛の刺身や鯛豆腐の作り方まで頭で反芻《はんすう》し、蔵人介は滲《にじ》みだした涎《よだれ》を啜《すす》る。

笹之間《ささのま》で毒味御用に勤しんでいるときは、あり得なかったことだ。御膳に並ぶ料理の味付けや作り方など、どうでもよかった。

味わうのではなく、命懸けで毒の有無を探る。

唯一、それだけが「鬼役」と呼ばれる膳奉行に求められる役割なのだ。

蔵人介は背筋を伸ばし、さりげなく襟を整える。

桜鼠《さくらねず》の裃《かみしも》姿で端座《たんざ》しているのは、薄暗い炭置部屋の片隅だった。面前に相番《あいばん》はおらず、小納戸《こなんど》役が運んでくるはずの御膳もない。

にもかかわらず、蔵人介は自前の杉箸を操り、刺身や煮物がそこにあるかのごとく食べるふりをしつづける。一日を無為に過ごしても、いっこうに苦ではない。御膳に並ぶ華やかな料理を想像するだけで、以前は感じたこともなかった食への興味が湧いてくるのである。

昨年霜月《しもつき》、養子の卯三郎《うさぶろう》に膳奉行の御役を譲った。みずからは隠居するつもりでいたが、どうしたわけか、中奥《なかおく》の炭置部屋へ留めおかれている。

——小姓頭取格奥勤見習《こしょうとうどりかくおくづとめ》

という御役を新たに申しつけられたのだ。

小姓とは名ばかりで、家慶のそばに侍《はべ》るわけではない。正規の御役ではないとの理由から、職禄の増石もなされなかった。持高《もちだか》が据え置かれたばかりか、膳奉行の御役料である二百俵を返上するように命じられた。

「あれから四月」

蛇の生殺しといっしょだが、居心地は存外に悪くない。

どっちにしろ、隠居したあとは亡くなった者たちの供養も兼ねて、能面でも打ちながら千日籠《ご》もりのような修行に挑もうと決めていた。出仕するさきが狭い炭置部屋でも、千日籠もりのようなものだとおもえば気にならぬし、日々の献立を思い浮かべて食べるふりをするだけで、恙《つつが》なく一日を過ごすことができる。

蔵人介は左手を伸ばし、二ノ膳に供された吸物の椀を取った。いや、取ったふりをする。

椀の実は鯛と芹根《せりね》、七宝《しっぽう》の平皿には鱚《きす》の塩焼きと付《つけ》焼きが載っている。ずらりと並んだ小鉢には鯛筏《たいいかだ》と菜の花、自然薯《じねんじょ》の土佐《とさ》煮、土筆《つくし》の麹《こうじ》漬け、蓼酢《たです》で食す子持ち鮎《あゆ》などが見受けられた。置合《おきあ》わせは蒲鉾《かまぼこ》と出汁《だし》巻《まき》卵、さらには雉子《きじ》肉の炙《あぶ》り焼き、武家では禁忌《きんき》とされるこのしろの粟《あわ》漬けなども供されているものの、すべては想像の産物にほかならない。

それらを一品ずつ箸で摘《つ》まむふりをし、口に入れて咀嚼《そしやく》する。身についた所作《しよさ》は滑らかで一分《ぶ》の隙もなく、有明行燈《ありあけあんどん》に映しだされた端正なすがたは衆生《しゆじよう》に崇敬される祖師像《そしぞう》にも重なってみえた。

公方家慶は「蟒蛇《うわばみ》公方」と綽名《あだな》される大酒呑みゆえ、晩酌用の御酒も供されよう。

銀の銚子《ちようし》で出された燗酒《かんざけ》は生《き》一本の下り酒と定められ、かたわらには備後鞆《びんごとも》の浦《うら》産の保命酒《ほうめいしゆ》も置かれている。

焼酎に地黄《じおう》や当帰《とうき》など十三種の生薬《きぐすり》を入れた保命酒は、備後国福山《ふくやま》藩十万石《ごく》を領する阿部《あべ》家から献上された代物《しろもの》だ。当主の伊勢守正弘《いせのかみまさひろ》は齢《よわい》二十五の若さで老中《ろうじゆう》となり、長らく幕政を取りしきってきた水野越前守忠邦《みずのえちぜんのかみただくに》が下野《げや》したのちは、大奥老女の姉小路《あねがこうじ》を後ろ盾にして幕閣《ばつかく》で重みを増しつつある。

誰あろう、阿部伊勢守こそが蔵人介に向かって「影鬼《かげおに》となって余に仕えよ」と直々に命じた人物にほかならなかった。

表の役目を子に譲ったあとも、裏の役目を辞めてはならぬ。ひとたび密命が下されれば、邪智奸佞《じやちかんねい》の輩《やから》を成敗《せいばい》することに躊躇《ためら》いがあってはならぬぞと、なかば脅しつけられた。

阿部は家慶より、秘かに目安箱の管理を託されている。

「上様の御意《ぎよい》なるぞ」

と、念を押されれば、一介の元鬼役に密命を拒む術《すべ》はない。

それゆえ、しばらくは「影鬼」となり、出仕をつづけねばならなかった。

もちろん、卯三郎も裏の役目を担う覚悟は決めていたし、こちらも資質を見込んだうえで送りだしている。本人の身になれば親が目と鼻のさきに留《とど》まっているのはやりにくかろうし、今ひとつ信頼されていないことへの不満もあろう。されど、これぱかりは上が決めたことなので致し方あるまい。

前触れもなく板戸が開き、四季施《しきせ》を着た坊主が顔を覗かせた。

「お邪魔いたしまする。宗竹《そうちく》めが行燈の油を注ぎ足しにまいりました」

日に一度はあらわれる平目《ひらめ》顔の部屋坊主は、常は老中たちの世話をしている。ただし、伊勢守に命じられたわけではなかろう。口の軽い坊主に密命を伝える役目が与えられるはずはない。油の注ぎ足しに託《かこつ》けて、どうでもよい噂話をしにきたのだ。

「くふふ、御炭奉行がすっかり板に付いてこられましたな。いかがです、ご気分は」

聞かれても、蔵人介は眉ひとつ動かさない。

宗竹も馴《な》れたもので、戸口に座って勝手にはなしをつづけた。

「そう言えば、夕餉の二ノ御膳には目打白魚《めうちしらうお》が供されましたぞ」

小さな白魚の目に細い竹串を刺した旬の一品である。

「恐れ多くも、神君家康《いえやす》公がことのほか好まれたお品とか。もちろん、矢背さまならばご存じでしょうな」

うなずくまでもない。

「この半刻《はんとき》（一時間）ほど、お部屋からお出になりましたか」

首を横に振ると、宗竹はにやりと笑う。

「されば、お伺いを。二ノ御膳に四つ並べられた小鉢の中身をお当てくださりませ」

蔵人介は眸子を細め、おもむろに口をひらいた。

「茹《ゆ》でた伊勢海老に芥子《けし》の葉添え、鮑《あわび》の腸和《はらわたあ》え、玉珧《たいらぎ》の木ノ芽和え、小鮒《こぶな》の甘露煮」

無表情でよどみなくこたえると、宗竹は目を丸くする。

「ご明察。よくぞお当てになりましたな。されば、猪口《ちょく》の三品は」

「鱲子《からすみ》、貝柱の赤味噌和え、干し海鼠《なまこ》の生姜酢」

「ご明察にござります。いや、感服いたしました」

人嫌いの蔵人介でも話し相手がほしいときもある。好奇に目を光らせた坊主の知りたいことはわかっていた。代替わりしたはずの元毒味役がどうして城から出ていかぬのか、その理由を探るために訪ねてくるのだ。

「幕臣随一の遣い手と評される矢背さまが、何故《なにゆえ》、かような炭置部屋に留めおかれているのか。坊主どものなかには、まことしやかに噂する者もござります。中奥には人斬りの密命を帯びた鬼が一匹潜んでいる。矢背蔵人介さまこそが、その鬼にちがいない。下手に近づけば首を失うぞと。噂がまことならば、是非ともお近づきになりたいもの。この宗竹、何かと役に立つ男にござりますぞ」

返事をする必要もあるまい。

「ふふ、あいかわらずの暖簾《のれん》に腕押し。よろしいのですよ。拒まれぬだけ、まだましと申すもの。そう言えば、京《きょう》からお越しになった御勅使《ごちょくし》が世にも稀《まれ》なる不老長寿の御薬を上様に献上なされたようで。何でも、木乃伊と称する即身成仏の頭頂を削り、天竺《てんじく》の高僧が荼枳尼天《だきにてん》の明呪を唱えながら捏《こ》ねた丸薬とか。御薬の名は奇瑞《きずい》人黄丸《じんおうがん》、一粒飲めば十日は寿命が延びるとの触れこみにござります」

何とも怪しいはなしだが、朝廷勅使の武家伝奏《てんそう》がもたらした献上薬だけに効能を信じる者は大勢いるらしい。諸大名は我先に薬を欲しがり、勅使らは調子に乗って天井知らずの高値を吹っかけているという。

「それでも手に入ればしめたもの。もはや、余分な御薬は御勅使の御手許《てもと》に一粒も残っておらぬとのこと。かの意気軒昂《いきけんこう》な水戸中納言《ちゅうなごん》さまが『すべて買い占めよ』

と、天狗のごときお顔でご命じになったそうにござります」

水戸中納言斉昭《なりあき》の人物評なら、嫌でも耳に聞こえてくる。英国《イギリス》や米国《アメリカ》や露国《ロシア》などの外敵に備えるには戦《いく》さ支度を強力に推し進めねばならぬと主張し、寺の鐘を溶かして大砲を鋳造《ちゅうぞう》させたり、鹿狩りと称して大掛かりな戦《いく》さ稽古を繰りかえしたり、水戸家のなかで守旧派に属する側近たちが諫《いさ》めても聞く耳を持たぬという。

そうした行状《ぎょうじょう》を聞くにつれ、老中たちは頭を抱えざるを得ぬようであったが、肝心の家慶が「好きなようにさせておけ」と鷹揚《おうよう》に構えていた。

「中納言さまのご寵愛《ちょうあい》を受けておられる唐橋さまは、ご存じのとおり、姉小路さまの妹君であらせられます。唐橋さまのご体面もあろうから、上様はお叱りになるのを控えておいでなのだと、御用部屋のみなさまは仰せです」

御用部屋のみなさまとは、老中たちのことだ。

姉小路は妹の唐橋から「中納言さまをどうかよしなに」とでも懇願されているのだろう。家慶は大奥を牛耳《ぎゅうじ》る姉小路に頭があがらぬため、斉昭の行状に目を瞑《つむ》るしかない。いずれにしろ、家慶は姉小路に操られた木偶《でく》人形のようなものだと言わんばかりの物言いであった。

「わたしが申しあげたのではござりませぬ」

中納言斉昭は腫れ物として扱われ、今後の行状次第では罰を受けるかもしれない。そんな予感もはたらいたものの、一介の影鬼が何をどう穿鑿《せんさく》したところで詮無いはなしであろう。

迷惑そうに溜息《ためいき》を吐《つ》くと、宗竹はようやく黙り、そそくさと部屋から出ていった。

三

御台所門から外へ出ると、暮れ六つ（午後六時）の鐘音が聞こえてきた。

遠侍《とおさぶらい》と繋《つな》がる玄関脇を抜ければ、真正面に聳《そび》える富士見《ふじみ》三重櫓《やぐら》が鮮やかな茜《あかね》色に染まってみえる。

中雀《ちゆうじやく》門を潜《くぐ》って石段を降り、中《なか》ノ門から三《さん》ノ門へ向かった。

下城する役人は少なく、百人番所《ひやくにんばんしよ》の番士たちは暇そうにしている。

蔵人介は足早に三ノ門を潜り抜け、内濠《うちぼり》に架かる下乗《げじよう》橋を渡った。玉砂利を踏みしめて右手へ折れ、内桜田《うちさくらだ》門へと進む。さらに、顔見知りの門番に会釈《えしやく》をして御門を潜ると、蟹《かに》のようなからだつきの大兵《だいひよう》が待ちかまえていた。

従者の串部六郎太《くしべろくろうた》である。

「大殿、お戻りなされませ」

「ふむ」

蔵人介は厳めしげにうなずき、鋭い眼差《まなざ》しで睨《にら》みつける。

「卯三郎は宿直《とのい》だぞ」

「存じておりますよ。大殿のお迎えにまいったのでござる」

「余計な気をつかわずともよい。おぬしの主人は卯三郎ゆえな」

「つれないことを仰《おっしゃ》いますな。それがしにしてみれば、おふたりともお仕えすべきご主人であられます。嘘でもよいから、一度くらいは大殿の口から伺いとうござる。おるべき従者が隣におらぬと、淋しゅうてたまらぬと」

「気色《きしょく》の悪いことを申すな」

「ぬへへ、仰せのとおり」

月代《さかやき》をぽりぽり掻く串部は、悪党どもの臑《すね》を刈る柳剛《りゅうごう》流の達人であった。いざとなれば頼りになる男だが、情に流されるところが多分にある。

ふたりは肩を並べ、大名《だいみょう》小路をたどって外桜田門へ向かった。

「若殿は滞りなく御役目に勤しんでおられます。鬼役が板に付いてきたと、大奥さまも仰いました」

「ふうん、養母上《ははうえ》がさようなことを」

「あれほど厳しいお方が、めずらしゅうございましょう」

養母の志乃《しの》は滅多に人を褒《ほ》めない。蔵人介でさえも、褒められた記憶はあまりなかった。それだけ、卯三郎を気に入っているのだろう。ありがたいはなしだが、本人は負担に感じるかもしれない。むしろ、過度に期待されぬほうがやりやすいときもある。

「早いものですな」

そもそも、卯三郎は卯木《うつき》という隣家の部屋住みだった。幕府納戸《なんど》払方《はらいかた》の兄が公金をちょろまかす上役の不正に加担できず、酷《ひど》い苛《いじ》めを受けて気鬱《きうつ》になったあげく、母を刺して自害してしまった。事情を知った父は息子の仇《かたき》を討つべく上役に刃向かったが、無残にも返り討ちに遭った。即座に卯木家は改易《かいえき》とされ、天涯孤独となった卯三郎も自刃する寸前まで追いつめられた。蔵人介がみるにみかねて、救いの手を差しのべてやったのである。

それが五年前のはなしで、卯三郎はまだ十九の若造だった。

剣をもって徳川《とくがわ》家に仕えるのが筋目の矢背家において、当主は剣術に優れていなければならない。実子の鐵太郎《てつたろう》は、誰の目からみても剣術の素質がなかった。本人にもそれがわかっていたのか、今から五年前、齢十四で医術の道を志し、大坂《おおさか》で診療所を開業した緒方洪庵《おがたこうあん》のもとへ旅立っていった。

一方、居候《いそうろう》の卯三郎は練兵館《れんぺいかん》の師範代に抜擢《ばってき》されるほどの力量を持ち、志乃と蔵人介が養子に迎えたくなる資質を備えていた。鐵太郎を差しおいて跡継ぎになるわけにはいかぬと、当初は拒みつづけたものの、鐵太郎本人と養母となった幸恵《ゆきえ》に背中を強く押され、鬼役をみずからの天命と受けいれてくれるようになった。そして、厳しい修行をかさね、四年前に晴れて矢背家の跡取りとして認められたのである。

昨年の霜月には公方家慶への目見得《めみえ》も済ませ、笹之間での毒味御用もそつなくこなしているようだった。

「つぎはいよいよ、嫁取りですな」

許嫁《いいなずけ》は決まっている。門脇香保里《かどわきかおり》という新番士《しんばんし》の娘だ。弟の杢太郎《もくたろう》は練兵館に通っており、剣の師と敬う卯三郎が義兄になると知るや、小躍りして喜んだらしかった。

「鬼役のご妻女となるためには、それなりのお覚悟が要りましょう。何せ、毒をも啖《くら》わねばならぬ御役にござりますからな」

蔵人介が亡き養父に叩きこまれた家訓は、当然のごとく、卯三郎にも伝えてある。

――毒味役は毒を啖《くろ》うてこそのお役目。河豚《ふぐ》毒に毒草に毒茸《きのこ》、なんでもござれ。死なば本望《ほんもう》と心得よ。

式日《しきじつ》には鯛の尾頭《おかしら》付きが供されるので、困難な骨取りにも挑まねばならない。卯三郎は半刻以内に二十尾の骨取りを済ませる修行を重ねてきたが、短時間で鯛のかたちを崩さずに骨を一本残らず除くのは並大抵のことではなかった。何せ、公方の喉に小骨の一本でも刺されば、御役を辞さねばならぬ。最悪は首を抱いて帰宅する事態にならぬともかぎらない。

それほどたいへんな御役なのである。しかも、命を懸けねばならぬのは、表の役目だけではない。むしろ、裏の役目のほうが命を落とす公算は大きく、命じられれば人斬りをも厭《いと》わぬ覚悟が求められる。

「裏の御役については、ご妻女といえども伝えてはならぬ。御家に代々伝わる決め事とは申せ、辛いお立場ですな」

「今さら詮無いことを申すな」

蔵人介も妻の幸恵には裏の役目があることを告げていない。蔵人介も御家人《ごけにん》の家から養子に迎えられた。すべてを仕込んでくれた先代から、妻女には決して告げてはならぬと念押しされ、そのことは卯三郎にも伝えた。矢背家の当主は所帯を持ったときから、妻女にも言えぬ秘密を抱えることになるのだ。

ふたりは桜田濠沿いの皀角河岸《さいかち》を通り、半蔵門《はんぞう》の手前を左手に折れると、麴町《こうじまち》の大路を下っていった。一丁目から五丁目まで歩き、大横町《おおよこちょう》との二股を過ぎたあたりで右手へ折れる。そこからさきは、道が網目のように錯綜《さくそう》する番町《ばんちょう》だった。鈴振谷《すずふり》とも称する善國寺《ぜんこくじ》谷を下り、市ケ谷《いちがや》門をめざすのである。

谷間に捨てられた芥《あくた》の山を見下ろし、串部は渋い顔になった。

「師走《しわす》に大奥の闇猿《やみざる》どもを成敗《せいばい》してからこの方、密命はいっこうに下されてまいりませぬな」

「世はこともなし。よいことではないか」

「まあ、そうなのでしょうけれど」

串部は口を噤《つぐ》み、俯《うつむ》きながら黙然《もくねん》と歩きだす。

公人朝夕人《くにんちょうじゃくにん》の土田伝右衛門《つちだでんえもん》が憤死した忌《い》まわしい出来事を、いまだに引きずっているのであろう。

三月《みつき》前、密命により、公金着服に関わった大奥老女と御広敷用人《おひろしきようにん》を成敗した。御広敷用人とその配下は「闇猿《やみざる》」と称する手強《てごわ》い忍びで、数々の密命をともに果たしてきた伝右衛門が激闘のすえに非業《ひごう》の死を遂げた。

伝右衛門は公方の尿筒《しとづつ》持ちとして仕える一方、公方を守る最強の盾でありつづけ、密命を鬼役に繋ぐ間者《かんじゃ》の役目を担っていた。串部にしてみれば、苦楽をともにしてきた朋輩《ほうばい》に先立たれたような悲しみがあるにちがいない。

蔵人介も深い悲しみと虚《むな》しさを抱えている。ただ、顔に出さぬだけのはなしだ。

「されど、わからぬものにござりますな。あれだけ権勢を誇っておられた水野越前守さまは失墜し、今や見る影もござりませぬ。一方、水野さまを裏切った鳥居耀蔵《とりいようぞう》は南町奉行として居座りつづけ、老中首座となられた土井大炊頭《どいおおいのかみ》さまに媚《こ》びを売っている。人の盛衰《せいすい》とはわからぬもの、運命《さだめ》とは定かならざるものにござります」

主従はどんつきで左手に折れ、三年《さんねん》坂のほうへ向かった。

少し回り道にはなるが、坂の途中に「番町に過ぎたるもの」と讃《たた》えられる吉野《よしの》桜の古木が植わっている。何分咲きになったかを確かめるのが、このところの習慣になっていた。

桜の古木は旗本《はたもと》屋敷の高い塀から、龍神の二の腕のごとき太い枝をくねらせている。

「まだ五分咲きにござりますな」

「いいや、三分咲きだな」

「今年の開花は遅くなるやもしれませぬ」

遅くなれば、それだけ楽しみも先延ばしにできよう。

蔵人介は眺めただけで満足し、外濠に沿った土手道を市ヶ谷門へ向かおうとする。御門を抜けたあとは、急勾配の浄瑠璃《じょうるり》坂を上らねばならない。膳奉行の拝領屋敷は坂上の御納戸町《おなんどまち》にあった。

耳を澄ませば、背後から鈴音が近づいてくる。

足を止めて振りむくと、みすぼらしい恰好の老婆が立っていた。

「歩き巫女《みこ》にござりますな」

と、串部が漏らす。

老婆は背を丸め、滑るように身を寄せてきた。

「あの桜は咲かぬぞ」

力強い声で呻《うめ》くように言いはなつ。

藪睨《やぶにら》みの眸子《まなこ》を覗けば、瞳が白濁していた。

おそらく、こちらのすがたはみえておるまい。

串部が怒った口調で抗《あらが》った。

「すぐに桜は満開を迎えよう。おぬしが目にできぬだけだ」

「いいや、わしにはみえる。水晶玉に何もかもが映っておった。近いうちに災いがあるぞ。立派な造作《ぞうさく》の能《のう》舞台じゃ。シテを演じる宝生《ほうしょう》流の太夫《たゆう》が、頭のてっぺんを削《そ》がれて死んでおる。血達磨《ちだるま》の惨劇じゃ。お江戸八百八町の名主どもは上を下への大騒ぎ、逃げおくれて将棋倒しになる連中もおったわ」

「もしや、町入能《まちいりのう》のことを申しておるのか」

蔵人介の問いかけに、老婆はぴくりと耳を動かす。

町入能は明後日の四日、そのときに惨劇が起こるとでも言いたいのだろうか。

「詳しいことを知りたくば、豊川《とよかわ》稲荷へ参るのじゃ」

串部が小銭を握らせると、老婆は怪《け》が落ちたような表情になり、鈴を鳴らしながら遠ざかっていった。

「気持ちの悪い婆さまですな」

蔵人介は無視できない気の力を感じていた。

豊川稲荷と言えば、奉じられているのは荼枳尼天《だきにてん》だ。部屋坊主の宗竹によれば、勅使の武家伝奏がもたらした丸薬は天竺の高僧が荼枳尼天の明呪を唱えながら捏ねた代物だという。

胸騒ぎを感じたのは、そのはなしをおもいだしたせいかもしれない。
「さあ、まいりましょう」
串部に促され、重い足を引きずった。
市ヶ谷門を抜けて右手へ進めば、浄瑠璃坂の坂下にたどりつく。
夕暮れの坂がいつもより急勾配にみえるのは、目の錯覚だろうか。
――ひょう。
仄《ほの》暗い濠の底から吹きよせた風が、袴《はかま》の裾《すそ》を攫《さら》っていく。
すぐそばで鈴音が聞こえたようにおもい、蔵人介は振り返って今来た道をみつめた。

四

冠木門《かぶきもん》の外には厳めしげな従者たちが控えており、蔵人介はこの屋敷の当主であることをわざわざ告げねばならなかった。そのくせ、こちらが来訪者の素姓を尋ねても、従者たちは何ひとつ教えてくれない。
玄関で出迎えた幸恵は袂《たもと》を揃えて大小を受けとるなり、神妙な顔を近づけてきた。

「老驥庵《ろうきあん》にやんごとなきお客さまがおいでです」

「やんごとなき……もしや、京の都からか」

「いかにも。御勅使の徳大寺実堅《とくだいじさねみ》さまであられます」

「まことか」

徳大寺実堅は東山《ひがしやま》天皇の系譜につらなり、関白《かんぱく》に任じられた鷹司輔平《たかつかさすけひら》の末子として生まれ、徳大寺家の養子となった。筋目の正しい公卿《くぎょう》として順当に出世し、今上《きんじょう》天皇（仁孝《にんこう》天皇）のご信任もことのほか厚いと聞いている。

それほどの大物がお忍びとはいえ、布衣《ほい》も赦《ゆる》されぬ貧乏旗本の拝領屋敷へやってくることなど考えられない。

「ご挨拶に伺ったほうがよろしいかと」

「養母上《ははうえ》がそう仰せになったのか」

「いかにも」

志乃の命ならば、顔を出さぬわけにはいくまい。

蔵人介は裃《かみしも》姿のまま、玄関脇の小径《こみち》から飛び石伝いに裏手へまわった。簀戸《すど》門を押して内へはいり、苔生《こけむ》した織部燈籠《おりべとうろう》を横目に小径を進む。蹲踞《つくばい》の水で手を浄め、数寄屋《すきや》の軒下を見上げれば、掲げられた扁額《へんがく》に「老驥庵」という墨文字が記されてあった。

唐代の書家として名高い顔真卿《がんしんけい》の書いた「老驥伏櫪《ろうきふくれき》」から採った号《ごう》で、老いた駿馬《しゅんめ》が厩《うまや》に繋がれても雄々しく駆けようとする心意気をあらわし、そもそもは魏《ぎ》の曹操《そうそう》が詠じた詩の一節にあるという。

「老驥櫪《うまや》に伏すも、志は千里にあり」

志乃は毅然《きぜん》と胸を張り、荒れ野を駆けめぐる武人の顔で言いはなった。

茶室は利休《りきゅう》好みの又隠《ゆういん》造り、幽玄《ゆうげん》なおもむきを堪能できる空間だ。もちろん、主人の志乃以外に茶を点《た》てることは許されず、客たちは志乃の点てた茶を嗜《たしな》むためにわざわざ訪れる。

何でも、尊大な権威に屈せぬ者の気概が一服の茶にふくまれているとのことらしい。

みずからの境遇を顧みつつも、時勢の荒波に流されずに雄々しく前へ進まんとする。そうした希望を胸に宿す者たちが、日本の津々浦々から老驥庵へやってくるのだ。

数寄屋の躙《にじ》り口《ぐち》へ身を差しいれると、茶葉の芳香が漂ってきた。

右手の客畳には、鬢《びん》に霜の混じった公卿が座っている。

志乃はおらず、鶴首《つるくび》の茶釜だけが湯気を立てていた。

「ほう、ご当主か」

「矢背蔵人介にござります。かように粗末な庵《いおり》へ、ようこそお越しくだされました」

「堅い挨拶は抜きにせよ。さあ、こちらへ」

「はっ」

蔵人介は膝行《しっこう》し、徳大寺と横並びで客畳《きゃくだたみ》に座る。

疾《と》うに日は落ちたので、下地《したじ》窓から光は射しこんでおらず、床の間だけが行燈によって仄《ほの》かに浮かびあがっている。軸は太公望《たいこうぼう》を乗せた小舟が川面に浮かぶ水墨画で、籐《とう》の花入れには茅花《つばな》と土筆が無造作に活《い》けてあった。

「さすがは志乃どのじゃ。お江戸で唯一、幽玄の趣を感じられるところだの。どれ、ようく顔をみせてくれまいか」

「えっ」

妙な心持ちで顔をかたむけると、徳大寺はまじまじと眺め、ほっと溜息を吐いた。

「噂には聞いておったが、なるほど、よう似てはるな」

「どなたにでございましょうか」

「大きい声では申せぬが、近衛《このえ》家の御当主や」

近衛忠熙《ただひろ》は五摂家《せっけ》筆頭の当主であるばかりか、統仁親王《おさひとしんのう》を傅育《ふいく》する東宮傅《とうぐうのふ》に任じられており、近い将来は関白となって朝廷を支える要の人物と目されている。会った途端に顔が似ていると言われても、面食らうだけのはなしだが、蔵人介もおぼえがないわけではなかった。

以前に京へおもむいた際、何の因果か、忠熙をそばで警固《けいご》する役目を負わされた。そのとき、間近で顔をみた。たしかに、鏡でもみているようであったが、何よりも驚かされたのは、忠熙自身の口から「兄上」ということばが発せられたことであった。

いや、あれは幻聴だったのかもしれぬ。おそらく、そうにちがいないと、みずからに何度となく言い聞かせてきた。

おのれは天守番を勤めた叶孫兵衛《かのうまごべえ》の一子、物心ついたときから御家人長屋で育ち、偶《たま》さか公方の毒味役に任じられた矢背家の養子に迎えられた。乳飲み子の頃に御所《ごしょ》の鬼門《きもん》で拾われたとか、人攫《さら》いの手で肥後《ひご》と薩摩《さつま》の国境まで連れていかれたとか、自分なりに出生をあれこれ穿鑿した時期もあったが、とどのつまり、どうでもよいことだと気づかされた。

今の蔵人介があるのは、矢背家の先代と孫兵衛のおかげなのだ。父と慕うべきは鬼籍に入ったふたりしかおらず、おのれに誰の血が流れていようとも関心を向けまいと決めていた。

「他人のそら似かもしれへんけど、よう似てはるわ。しかも、志乃どのの養子になったと聞けば、何やら因縁めいているとしかおもわれへんやろ」

「因縁とは、いかなるものにござりましょう」

「洛北《らくほく》の八瀬《やせ》衆と近衛家との浅からぬ因縁や。公卿なら、誰もが知っていることぞ」

一千二百年近く前に勃発《ぼっぱつ》した壬申《じんしん》の乱の際、洛中から逃れようとした天武《てんむ》天皇が比叡山《ひえいざん》の麓《ふもと》で追っ手から背中に矢を射かけられた。それゆえに「矢背」と名づけられた地名が、長い年月を経て「八瀬」と表記されるようになった。

「八瀬は志乃どのの生まれ故郷や。山里の民は八瀬童子《どうじ》と呼ばれ、そのむかしは閻《えん》魔《ま》大王に使役《しえき》された鬼やったとか」

八瀬衆は鬼の子孫であることを誇り、裏山の「鬼洞《おにがほら》」には都を逐《お》われた酒呑《しゅてん》童子も祀《まつ》っている。されど、鬼との関わりを公言すれば弾圧は免れぬゆえ、村人たちは比叡山に隷属《れいぞく》する寄人《よりうど》となり、延暦寺《えんりやくじ》の座主《ざす》や高僧やときには皇族の輿《こし》をも担ぐ力者《りきしや》に身を窶《やつ》した。

「主筋の近衛家にそうせよと命じられたのやろう。戦国の御代には禁裏《きんり》の間諜《かんちよう》となり、諸大名から『帝の影法師』などと噂されたこともあった。かの織田信長《おだのぶなが》でさえも、八瀬衆の力量を恐れたそうや」

八瀬庄の首長であった矢背家の当主は、代々、勇猛果敢を信条としてきた。ただ、代々女系で、四代目の志乃は子を授からず、鬼の血を引く矢背家の血脈は途絶えてしまう。養子の卯三郎は無論のこと、妻の幸恵は徒目付《かちめつけ》の綾辻《あやつじ》家から娶《めと》ったおなごゆえ、一粒種の鐵太郎にも鬼の血は流れていない。

「御所の廊下で公卿の立ち話を小耳に挟んだことがあってな。徳川幕府の開闢《かいびやく》当初、大権現《だいごんげん》家康公は御宗家《そうけ》を縁の下で支える者として、剣をもって仕える御家をお定めになったそうや」

蔵人介は内心の動揺を隠さねばならなかった。

徳大寺はけっして表に出るはずのない秘密を喋《しやべ》っている。

当初から剣をもって徳川家に仕えたのは、宮中との橋渡し役を担っていた高家《こうけ》の吉良《きら》家であった。

「そのあたりの経緯《いきさつ》も聞いておるぞよ」

今から百四十年ほど前、赤穂《あこう》浪士の討ち入りで吉良家が改易とされたため、早急に代わりを探さねばならなかった。矢背家に白羽の矢を立てたのは、筆頭老中の秋《あき》元但馬守喬知《もとたじまのかみたかとも》であったという。延暦寺との境界争いで劣勢に立たされていた八瀬衆に恩を売り、揉め事を解決するかわりに徳川家への忠誠を誓わせたのだ。

「矢背家のご当主は重責を押しつけられたんや。故郷を離れた志乃どののご先祖は、さぞかし面食らったことやろうな」

秋元の命により、志乃の三代前にあたる矢背家の女当主が江戸へ連れてこられた。そして、幕臣のなかで一番腕の立つ番士を婿に取り、旗本として一家を構えることになったのである。

女当主はみずから、死と隣合わせの鬼役に就《つ》きたいと願ったらしい。

「おおかた、徳川に仕える覚悟のほどをしめしたかったのやろうなあ」

毒味役は表の役目、裏にまわれば将軍家の密命を帯びた刺客《しかく》と化さねばならぬ。それゆえ、矢背家には身分の別なく、武勇に優れた養子を入れねばならなかった。

天皇家の間諜として秀でた能力を持つ家に幕臣随一の剣客を入れ、汚れ役として意のままに使いたおす。歴代の飼い主はそう考えたのかもしれぬが、裏の役目までは知らぬ徳大寺に、そこまでの臆測はできぬようだった。

前触れもなく、すっと茶道口が開いた。

「徳大寺さま、つまらぬおはなしはほどほどになされませ」

志乃である。

「なんや、筒抜けやったんか」

徳大寺は袖を口許に当てて笑い、志乃は点前《てまえ》畳に膝をたたんで三つ指をつく。

「ようこそ、お越しくださりました」

「あいかわらず、美しい所作やのう」

一分の隙もない仕種《しぐさ》に、徳大寺は感嘆の溜息を漏らす。

志乃は茶釜の蓋《ふた》を取り、茶柄杓《びしやく》で湯を掬《すく》った。

茶杓の櫂《かい》先に抹茶を盛り、温めた黒楽《くろらく》茶碗に湯を注ぐ。

茶筅《ちやせん》を巧みに振り、さくさくと泡を立て、膝前へ恭《うやうや》しく天目《てんもく》茶碗を置いた。

徳大寺は作法に則《のつと》って茶碗を手に取り、抹茶をずずっとひと息に呑みほす。

「けっこうなお点前で」

疳高《かんだか》い声で発し、茶碗の底に目を落とす。

「ふうむ、闇のごとく暗い。なるほど、闇を掬わせる魂胆《こんたん》やな。もはや、利休居士《こじ》の域に達しつつあるのやもしれぬ」

志乃は褒められ、まんざらでもないといった顔をする。

たしかに、心の静謐《せいひつ》さを取りもどすのに老驥庵で喫する茶ほど優れた薬はほかにあるまい。

蔵人介の膝前に、小皿が差しだされた。

豆粒大の黒い粒が、何粒か載せられている。

「徳大寺さまがお持ちになったのですよ」

すかさず、徳大寺が横から口を挟む。

「毒味を頼みたい」

「かしこまりました」

蔵人介は表情も変えず、小皿に手を伸ばす。

一粒を摘まんで口に入れ、眸子を細めた。

「どないや」

「干した木天蓼《またたび》にごぎょうの葉を混ぜた代物にござります。毒は入っておりませぬ」

「効能は」

「木天蓼は滋養強壮、ごぎょうには咳止めの効能がござります。されど、量が少なすぎる。効き目は知れたものにござりましょう」

「さすが、鬼役や。じつを申せば、これなる粒を不老長寿の献上薬と偽り、諸大名に高値で売りつけた商人がおっての」

念の入ったことに、徳大寺の御墨付《おすみつ》きまで添えているという。

「阿呆《あほ》な従者が十両で誰かに売ったのじゃ」

それがまわりまわって、騙《かた》り商人のもとへ渡ったらしいが、そんなはなしはどうでもよい。

「本物の献上薬はこちらに」

志乃が嬉しそうに掌《てのひら》を差しだす。握られているのは、干した木天蓼と見た目は同じ丸薬であった。

「これぞ、奇瑞人黄丸にござります。徳大寺さまから、百粒も頂戴しました。値段を付けるといたせば、百両は下りますまい」

「ひゃ、百両」

めずらしく、蔵人介は声をひっくり返す。

徳大寺がことばを接《つ》いだ。

「一粒につき一両と申すは、とあるお殿さまの言い値なんじゃ」

献上薬を欲する諸侯《しょこう》は列をなしたが、一番高値を付けた相手にほとんどすべて売ったという。

買いあげた「お殿さま」とは、水戸中納言斉昭のことであった。

宗竹によれば、諸大名は我先に薬を欲しがり、勅使らは調子に乗って天井知らずの高値を吹っかけているとのことであったが、どうやら、そうではなかったらしい。

「買うていただいて申すのも何やが、水戸さまはほとほと困った御仁《ごじん》じゃ。『公卿どもは諸大名に官位を売っては儲《もう》け、献上品の余りを売っては儲け、何やかやと屁理屈をこねては幕府から施《ほどこ》し金をふんだくろうとする。うらなりどもを生かす金があるなら、大砲《おおづつ》のひとつでも造ったほうがましであろう』と、誰彼構わずに吹《ふい》聴《ちょう》しておられるそうじゃ」

それでも、奇瑞人黄丸は効き目がありそうなので、独り占めしたかったのだろうか。

日頃の言動との矛盾を問うたところで、徳大寺に返答はできまい。

「何はともあれ、姉小路さまにでも宥《なだ》めていただかねば、かの御仁はいずれ暴走してしまうに相違ない」

少し喋りすぎたとおもったのか、徳大寺は唐突に口を噤む。

代わりに、志乃が喋りかけてきた。

「水戸さまのことはさておき、偽薬を売って儲ける輩を野放しにしてはおけませぬ。懲《こ》らしめてやらねばなりますまい」

得たりとばかりに、徳大寺が大きくうなずいた。

「さよう、御所の体面にも関わる一大事じゃ。されど、伝奏屋敷のなかで頼りになる者はひとりもおらん。頼んだところで、何もせんやろう。親身になってもらえるのは、志乃どのをおいてほかにはおらんのじゃ」

「徳大寺さまに頼っていただけるだけでも、わが家にとっては大いなる誉《ほま》れにござります。のう、蔵人介どの」

志乃が叱りつけるような眼差しを投げかけてきた。

勅使の名を騙り、諸侯に偽薬を売りつける悪徳商人がいる。そやつを早急にみつけだし、成敗せよとでもいうのだろうか。

冗談ではないと、蔵人介はおもった。

どう考えても、町奉行所の役人《やっこう》が対処するはなしである。そもそも、本物の奇瑞人黄丸にも不老長寿の薬効などあり得まい。薬効を偽って売るという点では、徳大寺も騙り商人と何ら変わらぬではないか。

蔵人介は怒りすらおぼえたが、一方の徳大寺は好奇の心を抑えきれず、本物の毒味もしてみせよと言う。

仕方なく、渋る志乃から本物を一粒貰《もら》い、口にふくんで嘗《な》めまわした。

「どうや」

できぬであろうが、成分を漏れなく言いあててみせよとでも言いたげに、うらなり顔の公卿は嘲笑《あざわら》う。

蔵人介は背筋を伸ばし、威厳のある口調で語りはじめた。

「膃肭臍《おっとせい》の陰嚢《いんのう》と睾丸《こうがん》を乾燥させた海狗腎《かいくじん》、蝮《まむし》の生薬である反鼻《はんぴ》、碇草《いかりぐさ》を干して煎《せん》じた淫羊藿《いんようかく》がふくまれております。いずれも高価な舶来《はくらい》薬で滋養強壮の薬剤に用いられ、淫羊藿には物忘れへの効能もござるとか……ん、あとひとつ、虎骨《ここつ》か犀角《さいかく》がふくまれておるようです」

「ふふ、そこのところだけがちがう」

「ならば、人の天蓋《てんがい》にござりましょうか」

「ほっ、当たった」

徳大寺は驚き、素直に賛辞を告げる。

「さすが将軍家の毒味役、一級品の舌を持っておる。じつを申せば、天蓋の持ち主はただの人ではない。舶来品の木乃伊《ミイラ》なのじゃ。朝廷に仕える薬師《くすし》によれば、ことに赤子の木乃伊は高価な代物らしゅうてな、そのせいで値が一気に跳ねあがるとも聞いた」

「げっ、赤子の木乃伊とな」

顔を顰《しか》める志乃にたいし、徳大寺は余裕の笑みをかたむける。

「粉にして丸めてしまえばみな同じ。一粒ずつ十日も呑みつづければ、絹のごとく滑らかな肌になると、薬師は自慢しておりましたぞ」

「あら、それなら服用するしかありませんね」

けろっと言ってのける養母から、蔵人介は目を逸らす。

「志乃どの、お気を鎮めてもう一服、お茶を願えまいか」

「お安いご用にござります」

図々しい公卿に向かって、志乃はすまし顔で応じてみせた。

五

弥生四日。

今しも雨が落ちてきそうな雲行きのもと、大手《おおて》門前には長蛇の列ができている。麻裃《あさがみしも》を纏《まと》っているのは名主と家主、羽織袴の扮装《いでたち》は月行事《がちぎょうじ》たちであろう。本日は年に一度のお中入り、江戸三百八十五町の町人たちが千代田城内にてお能見物を許される。

総勢で五千人にもおよぶため、午前と午後の二部に分かれており、午前の部に呼ばれた日本橋《にほんばし》以北に住む町人たちは朝未《まだ》き七つ時分（午前四時）から御門前に並んでいた。

明け六《む》つ（午前六時）の開門と同時に御門内へ雪崩《なだ》れこみ、途中で傘を一本ずつ貰ったり、鑑札《かんさつ》を調べられたりしたのち、我先に下乗橋を渡っていくつかの御門を潜り、最後の中雀門を通り抜けたあとは、御本丸《ほんまる》大広間の南庭へ向かうのである。

南庭の白洲《しらす》には薄縁《うすべり》が敷きつめられ、四隅は小松を植えた青竹で囲われている。町人たちは鮨詰めになり、小半日ほど蹲踞《そんきょ》の姿勢で居つづけねばならぬため、老いた者のすがたは少ない。正面には立派な能舞台が設《しつら》えてあり、誰もが最前列の席を占めようとするのだが、おそらくは芝居町の中村《なかむら》座や市村《いちむら》座のかぶりつきに座るような心地でいるのだろう。

なるほど、本日は無礼講《ぶれいこう》と知らされているので、能にはそぐわぬ掛け声や合いの手を繰りだす者も出てこよう。町人たちの目当ては能舞台の役者よりも、むしろ、右手の大広間に座る偉そうな諸大名たちであった。

ことに、御簾《みす》の内に隠れた公方の顔を拝みたくて仕方ない。それがために、よい席を占めようとするのである。

蔵人介は警固の小十人組《こじゅうにんぐみ》に交じり、早くから大広間の縁下に詰めていた。

御簾に近い階段下には、卯三郎のすがたもみえる。

蔵人介は憲法黒《けんぽうぐろ》の地に鮫小紋《さめこもん》をあしらった裃姿、卯三郎は鈍《にび》色の地に流水紋をあしらった裃姿だ。ふたりは剣術の力量を買われ、家慶が出御《しゅつぎょ》する公の催しにはかならず列席するようにと命じられていた。

「おぬしら父子《おやこ》の手は煩《わずら》わすまいとはおもうが、念のためじゃ」

小納戸頭取の今泉益勝《いまいずみますかつ》から、こたびも直々にお達しがあった。尊大にみえる今泉は上に諂《へつら》うのが得手《えて》な小心者にすぎぬが、命じられれば淡々としたがうしかない。

ただし、このたびは警固の役に就いてよかったとおもっている。

歩き巫女の老婆に告げられた予言が、頭の片隅から消えずにあったからだ。

――シテを演じる宝生流の太夫が、頭のてっぺんを削がれて死んでおる。血達磨の惨劇じゃ。

気になるのは老婆が「宝生流」と明言したことであった。徳川家の御用能役者は観世《かんぜ》流と定まっているのだが、一橋《ひとつばし》家との縁から先代の家斉《いえなり》と当代の家慶は宝生流の太夫を好んで使ってきた。そのことを知るはずもない歩き巫女の口から漏れたことばが、忌まわしい出来事を予兆させた。

演目はめでたい「三番叟《さんばそう》」や「高砂《たかさご》」ではなく、町入能で演じればかならず雨になるという「道成寺《どうじようじ》」である。

陸奥《むつ》の山伏《やまぶし》を恋い焦がれる女性の執念が火焔《かえん》となり、紀伊《きい》国にある道成寺の撞鐘《つきがね》に隠れた山伏を撞鐘ごと焼きつくしてしまう。そのせいで久しく廃絶となっていた撞鐘の再興にあたって、飛び入りで舞を披露した白拍子《しらびようし》が撞鐘に隠れて修羅《しゆら》となり、成仏できぬ女性の憑依《ひようい》した蛇体となって暴れまわり、僧たちの法力《ほうりき》と対決する。そんなはなしだ。

蔵人介は何度も拝観してきたが、卯三郎にとっては初の経験となる。

見所の多い演目ゆえ、観る者を飽きさせない。それゆえに選ばれたのだろうが、町人たちの目当ては能ではなく、錫《すず》の瓶に入った酒や土産の菓子折であり、すべての者に下賜《かし》される銭一貫（一千文）であった。

ともあれ、案じられるのは雨雲の低く垂れこめた空模様だ。

案の定、小雨がぽつぽつ落ちてきた。

町人たちは、あらかた白洲に集まっている。

薄縁に傘の花が咲けば、能舞台を目に留めるのは難しくなろう。

やがて、大広間のほうに大名たちも集まってきた。二ノ間から三ノ間に掛けての席次は決まっており、御簾に近い最前列には勅使の武家伝奏と御三家の当主たちが並んで座る。

水戸中納言斉昭の威風堂々としたすがたもあれば、徳大寺実堅の温厚そうな笑顔も見受けられた。

老中席の筆頭には土井大炊頭利位《としつら》が座り、かたわらには阿部伊勢守正弘の顔もある。ふたりとも大柄で華を感じさせる大名だが、斉昭の威光にはおよばない。やはり、列席する諸侯諸役のなかで際だって華やかなのは、蛮行と紙一重の所業を重ねる中納言斉昭にほかならなかった。

進行役は板縁に座る若年寄《わかどしより》の大岡主膳正忠固《おおおかしゅぜんのかみただかた》である。

——どん、どん、どん。

辰《たつ》の五つ（午前八時）を報《しら》せる太鼓の音が聞こえてきた。

大岡が「御出座である」と疳高《かんだか》く発するや、御簾がするすると巻きあがる。

大広間の下段中央、鎮座する公方家慶のすがたがあらわれた。

突如、町人たちから声が掛かる。

「よっ、親玉、大将軍」

平常《ふだん》であれば、叫んだ途端に首を飛ばされていよう。

無礼講ゆえ、たいていの振る舞いは大目にみてもらえるのだ。

それがわかっているので、町人たちは我先に声を掛けようとする。

「よっ、色男」

やんやの掛け声を制するかのように、強面《こわもて》の重臣がひとり立ちあがった。

板縁から町人たちを見下ろすのは、南町奉行の鳥居甲斐守《かいのかみ》耀蔵である。「妖怪」と綽名される町奉行は、可愛がってもらった水野越前守忠邦を裏切ったことで、いっそう忌み嫌われるようになった。

だが、世間の評判など意にも介さず、厚顔無恥《こうがんむち》な表情で口上を述べはじめる。

「本日は畏《おそ》れ多くも上様の思《おぼ》し召しにより、千代田御城内にて観能の恩恵に浴するはこびと相成った。各々、心して観能いたすように……」

長ったらしい口上を揶揄《やゆ》する者はひとりもいない。鳥居は敵対する者にでっちあげの濡《ぬ》れ衣《ぎぬ》を着せ、ことごとく厳罰に処してきた。陰湿で執拗《しつよう》な性分がわかっているので、軽口を叩こうとする者はいないのだ。

口上が終わり、大岡が声を張りあげる。

「お能始めませい」

すぐさま、お囃子《はやし》が鳴りだした。

能舞台には張り子の撞鐘が置かれ、笛柱《ふえばしら》には撞鐘を吊るすための輪環《りんかん》や綱も見受けられる。

さっそく登場したのは道成寺の住僧《じゅうそう》とおぼしきワキやワキツレ、女人禁制であるはずの境内に前ジテの白拍子が紛れこんでくる。白拍子は撞鐘供養の見物と引換えに舞いを所望され、烏帽子をつけてゆったりと踊りはじめた。

耳に聞こえてくるのは小鼓の打音と鋭い掛け声、乱拍子《らんびょうし》と称される舞いは静かでゆったりしたものだが、息が詰まるほどの緊張を孕《はら》んでいる。次第に舞いの動きは激しくなり、白拍子は撞鐘のほうへ近づいていった。

「あっ」

町人たちのあいだから声が漏れた。

突如、撞鐘が落下し、白拍子が鐘の内へ消えてしまったのだ。

急転直下の鐘入りに、息を呑まぬ者はいない。

つづいて語りの聞きどころ、住僧役のワキが撞鐘に関する来し方の逸話を朗々と語りだす。

真砂《まさご》の荘司《しょうじ》の女は山伏を恋い焦がれたすえに毒蛇となり、山伏の隠れた撞鐘を七纏《しちまと》いにするや、紅蓮《ぐれん》の炎で焼きつくしてしまった。女の執念がもたらした悲恋譚《たん》に固唾《かたず》を呑んでいると、撞鐘がすっと天井に持ちあがり、般若《はんにゃ》面をつけた後ジテが登場する。紛れもなく、それは来し方の怨霊が憑依した毒蛇にほかならない。

シテとワキが対峙《たいじ》し、ワキの僧たちが数珠《じゅず》を揉んで迫るや、シテの毒蛇は激しく抗って打ち払おうとする。笛や小鼓や大鼓が賑《にぎ》やかにお囃子を繰りだし、太鼓の音色が祈り地に激しく打ちつづけるや、対決は絶頂へと上りつめていく。

雨脚が強さを増しても、傘をさす者はひとりもいない。

誰もが舞台に目を釘付けにされていた。

蔵人介でさえも対決の行方に目を凝らしている。

と、そのときだった。

シテの背後に大きな人影が迫り、幅広の白刃を抜きはなつ。

「ぬえぃ……っ」

真横に奔《はし》った光芒《こうぼう》とともに、一瞬の静寂が訪れる。

般若面が床に落ち、シテの頭から猛然と血飛沫が噴きあがった。

芝居なのか何なのか、観ているほうも咄嗟《とっさ》には判別できない。

シテはふらふらと歩きだし、舞台中央でつんのめるように倒れる。

「あっ、死におったぞ」

最前列の町人が叫んだ。

後ろの連中はわかっていない。

屍骸《むくろ》となった能役者のかたわらには、蛇面をつけた大柄の人物が仁王立ちしている。

太い右手で掲げたのは、皿のように削いだ能役者の頭頂にほかならない。

「ふおおお」

蛇面の人物が凄まじい声で唸りあげるや、白洲に座る町人たちが一斉に騒ぎだした。

惨劇が芝居でないことに、ようやく気づかされたのだ。

雨は土砂降りになり、舞台も大広間も大揺れに揺れている。

随所で怒号《どごう》が飛び交い、町人たちは我先に逃げだそうとした。

ところが、あまりに数が多すぎ、将棋倒しになる連中もいる。

まさに、歩き巫女が予言したとおりの惨状と化しつつあった。

諸大名たちも狼狽《うろた》え、なかには腰を抜かす者たちもいる。

能役者の頭頂を削いだ人影は舞台から飛びおり、疾風のごとき勢いで御簾のほうへ迫っていた。

「刺客じゃ、上様をお守りせよ」

声を張っているのは、小十人頭であろうか。

組下の連中が抜刀し、階段の下に殺到する。

「あぎゃっ」

すぐさま、ひとりが片手斬りに斬られた。

ふたり目も容易《たやす》く斬られ、大広間の板縁を血で濡らす。

濡れた板縁には、水戸中納言斉昭が立っていた。

脇差《わきざし》を抜こうとして重臣に止められ、強引に腕を取られて奥へ逃れていく。

「逃すか、斉昭」

呻いたのは、刺客であろうか。

立ちはだかったのは、卯三郎であった。

抜きはなった刀は秦光代《はたみつしろ》、練兵館で十人抜きをやり遂げ、館長の斎藤弥九郎《さいとうやくろう》から褒美《ほうび》に貰った名刀だ。

「ぬりゃ……っ」

掛け声も鋭く袈裟懸《けさが》けを見舞うと、刺客は躱《かわ》さずに刀を合わせてきた。

——きいん。

火花が散り、鍔迫《つばぜ》り合いになる。

「囲め、囲め」

小十人組の連中が抜刀し、四方から囲いこんだ。

刺客は卯三郎の腹を蹴りつけ、太い首を捻《ひね》り返す。

そこへ、蔵人介が躍りこんだ。

「あっ、父上」

尻餅をついたまま、卯三郎が声をあげた。

蔵人介も六尺《しゃく》近い偉丈夫《いじょうぶ》だが、蛇面の刺客は頭ひとつ大きい。

山に対峙するかのようであったが、蔵人介に動揺はない。

ずぶ濡れになりながらも、相手との間合いを冷静にはかる。

腰の長柄刀《ながつかとう》は粟田口国吉《あわたぐちくによし》、出羽《でわ》国山形《やまがた》藩六万石を治める秋元家の殿さまから下賜された名刀だ。

二尺五寸の本身《ほんみ》を抜けば、哀愁を帯びた刃音を奏でる。

ゆえに「鳴狐《なきぎつね》」と称される刀を、蔵人介は抜こうとしない。

修めた流派は田宮《たみや》流、鞘《さや》の内で勝負を決する居合であった。

「ぬおっ」

刺客は唸り、幅広の白刃を大上段から斬りおろしてくる。

「やっ」

蔵人介は抜刀するやいなや、同じ上段から乾坤《けんこん》の一撃を繰りだした。

——がつっ。

鎬《しのぎ》で巧みに相手の鎬を弾《はじ》く。そして、勢いを殺さずに斬りさげ、蛇面をまっぷたつに割ってみせた。

「うっ」

面の下から覗いた顔は赤く、目鼻も口も異様に大きい。
喩《たと》えてみれば、京の鞍馬山《くらまやま》を住処《すみか》とする天狗であろう。
つぎの瞬間、刺客は袖で顔を隠し、こちらに背をみせた。
おそらく、面相を拝んだ者は、蔵人介だけしかおるまい。
刺客は追いすがる番士たちを振りきり、逃げる町人たちのほうへ向かっていく。
「追え、逃がすな」
追っ手は人の波に阻まれ、前に進むことができない。
体術に優れた刺客はどんどん離れ、遠くの高い塀を越えていった。
「うっ」
ふと、足許をみれば、削がれた頭頂らしきものが落ちている。
「あやつめ、紅毛人《こうもうじん》か」
蔵人介のつぶやきは、雨音に掻き消されてしまった。
家慶の命を狙ったのだろうか。
いや、そうではなかったのかもしれない。
――逃すか、斉昭。
刺客の吐いた台詞《せりふ》が耳にはっきりと残っている。

それにしても、何者なのであろうか。何故、能役者の頭頂を削ぎ、町人たちに誇示したのか。

あらゆる疑念が渦巻き、息苦しくなってくる。

「父上、大事ありませぬか」

卯三郎に声を掛けられても、蔵人介は返事すらできなかった。

六

年に一度の町入能は惨劇の舞台と化した。

紅毛人とおぼしき刺客は城外へ逃げおおせ、痕跡すら摑《つか》めそうにない。

いったい何者なのか。どういう狙いがあったのか。推察する手掛かりも見出せずにいると、惨劇から三日目の朝、串部が薬種《やくしゅ》問屋の引き札を携えてきた。

「かようなものが市中で大量に配られております」

目に飛びこんできたのは「奇瑞人黄丸」という薬名である。

——奇瑞人黄丸は不老長寿の妙薬にて候《そうろう》。徳の高い人の屍骸や人に憑依した物《もの》の怪《け》の頭頂を削り、茶枳尼天の明呪を唱えてつくるものなり。頭頂の種別に応じて効き目の優劣あり、東西番付表の筆頭は赤子の木乃伊と即身成仏、二番目は道成寺の毒蛇と深泥池《みどろがいけ》の河童《かっぱ》云々《うんぬん》。

引き札の発行元は出島屋《でじまや》六右衛門《ろくえもん》、鎌倉《かまくら》河岸に店を構える献残屋《けんざんや》らしい。献残屋とはおもに武家へ献上された品々の余りを安く買い、別の武家へ転売する商人のことだ。

「これなる妙薬、聞くところによれば、一粒で金一朱《しゅ》、十六粒で一両もするとか。出島屋なる者、御勅使の徳大寺さまが仰せになった騙り商人かもしれませぬぞ」

気になるのは「道成寺の毒蛇」という記述だ。

「蛇面の刺客は、削いだ能役者の頭頂をこれみよがしに掲げたとか。数多《あまた》の名主や家主どもが、その光景を目に焼きつけたはず」

名主や家主の口から江戸じゅうに噂が広まったとすれば、引き札の文言は絶大な効果を発揮しかねない。

「ひょっとしたら、それが惨劇を企てた者の狙いだったのでは」

効果のほどは、店へ出向いてみればわかろう。

蔵人介は串部をともない、鎌倉河岸まで足をはこんだ。

桃の節句を祝うこの時期、通常であれば白酒《しろざけ》を売りだす『豊島屋《としまや》』の門前には長蛇の列ができる。白酒目当ての行列は例年どおりだが、そちらよりも遥かに長い行列が河岸の端に店を構えた献残屋の門前に築かれていた。なかには白酒を呑みながら待っている連中もいる。

「驚きましたな。凄まじい人気でござる」

高価な薬を求めて、大勢の人々が並んでいる。ほとんどは町人だが、侍のすがたもあり、年齢はまちまちで、男女の比は同じくらいだ。

串部は行列に歩み寄り、出職《でしょく》らしき男に声を掛けた。

「おぬしは大工か」

「へえ、泥大工でさあ」

「どうして並んでおる」

「そら、みんなが並んでいるからでさあ」

「奇瑞人黄丸なる薬、たった一粒で一朱もするらしいではないか」

「なけなしの稼ぎを注ぎこんでも、惜しかありやせんぜ。何せ、道成寺の毒蛇の頭でこせえた薬でやんすからね」

「お中入りの惨劇を知っておるのか」

「お江戸で知らねえやつはおりやせんよ。頭のてっぺんを削がれたな、宝生流の太夫なんかじゃねえ。撞鐘も焼きつくす毒蛇の怨霊でやんす。しかも、毒蛇の頭を削いだな、茶枳尼天の化身にちげえねえ。だとすりゃ、削がれた頭でこせえた薬の効力はとんでもねえものになる。なけなしの稼ぎを注ぎこむ価値はあるってなもんで。旦那も早く列の後ろにお並びなせえよ。何せ、数にかぎりがあるってはなしでやんすからね」

あきらかな便乗商売にちがいないが、それにしても狡猾《こうかつ》な嘘を吐いたものだ。

屋根看板を見上げれば、真新しい字で「薬種諸藩御用達《ごようたし》」などと書かれている。

「こいつはまいった。ただの献残屋が諸藩御用達の薬屋に出世しちまった。大殿、出島屋六右衛門なる商人、とんでもない食わせ者でござりますぞ」

悪党顔を拝みたくなり、ふたりで店の敷居をまたごうとする。

「順番をお守りください。割りこみは御法度《ごはっと》にござります」

強面の手代《てだい》が立ちふさがり、列をなす連中たちも睨みつけてくる。

「堅いことを抜かすな、主人に挨拶するだけだ」

串部の言い訳を背中で聞き、蔵人介はひとりで敷居をまたいだ。

上がり端のところでは薬と金の交換が忙《せわ》しなくおこなわれており、かたわらには十手を帯に挟んだ町奉行所の不浄役人が佇《たたず》んでいる。

小銀杏髷《こいちょうまげ》に黒い巻き羽織の風体《ふうてい》から推すと、三十俵取りの同心《どうしん》であろう。店の連中に文句を言うでもなく、受け渡しの様子を眺めているだけだ。袖の下をたんまり貰ったのか、片方の袂が重そうに垂れていた。

「さては骨抜きにされたか」

蔵人介はひとりごち、帳場格子のほうへ目を向ける。

嬉々《きき》として算盤《そろばん》を弾いているのが、主人の六右衛門であろう。

「おい」

蔵人介は唐突に大声を張りあげ、天井を指さした。

みなが上を向いたわずかな隙に、売られていた丸薬を一粒摘まみあげる。

口に抛《ほう》って嘗めただけで、徳大寺の携えてきた偽薬と同じ代物だとわかった。

「干した木天蓼《またたび》にごぎょうの葉を混ぜてある。これは偽薬だな」

不浄役人にも聞こえるほどの大声で発すると、帳場から六右衛門らしき男が慌《あわ》てて身を寄せてきた。

「お武家さま、困ります。どうぞ、こちらへ」

強引に袖を引かれ、三和土《たたき》の端から奥の勝手へ連れていかれる。

後ろから同心も従《つ》いてきた。

六右衛門は振り向きざま、五両ばかりの小判を袖口に捻《ね》じこもうとする。

「無礼者」

蔵人介が手首を握って捻ると、小判が三和土に落ちて音を起《た》てた。

「あっ」

声をあげたのは、後ろの同心である。

十手を帯から抜き、さっと身構えた。

蔵人介が睨みつける。

「おぬし、廻《まわ》り方の同心か」

「南町奉行所の諸色調掛《しょしきしらべがかり》でござる」

「鳥居さまの配下だな。名は」

「猪口与十郎《いのぐちよじゅうろう》にござる。そちらは」

「旗本の矢背蔵人介だ」

「お役目を伺いましょう」

「上様の近習《きんじゅう》とだけ申しておこう」

猪口は口をへの字に曲げ、きゅっと片眉を吊りあげる。

「納得できかねます。お役目を正直におこたえいただけぬようなら、こちらにも考えがござる」

「おもしろい。どういう考えか聞いておこう」

「縄を打たせてもらいます」

「ほう、それで」

「御奉行に裁定を願いでるやもしれませぬ」

「鳥居さまにか。なるほど、それはよい考えだ。あのお方は罪をでっちあげるのがお得意だからな」

「無礼な」

「無礼はどっちだ」

蔵人介は腰を落とし、目にも止まらぬ速さで刀を抜きはなつ。

――きゅいん。

狐が鳴いた。

すでに、白刃は鞘に納まっている。

黒羽織の袂がちぎれ、小判が三和土に落ちた。

「ぬう」

袂を失った猪口は、身動きひとつできない。

一方、出島屋は呆気《あつけ》に取られていた。

蔵人介は、こきっと首の骨を鳴らす。

「出島屋、おぬし、あれと同じ代物を献上薬と偽り、諸大名に売りつけたのか」

「えっ……と、とんでもございません」

「嘘を吐くな。偽の御墨付きを携えておろう」

「さようなもの、存じあげません」

強く否定したところへ、串部がひょっこり顔をみせる。

「大殿、徳大寺さまの御墨付きをみつけました。おおかた、偽物にございましょう」

紙をひらひらさせられ、出島屋は飛びださんばかりに目を瞠る。

「……ほ、本物にございます。手前は本物と信じております」

「かりに本物なら、どうやって手に入れたのだ」

「申しあげられません。ご勘弁を」

「いいや、勘弁ならぬ」

蔵人介が刀の柄に手を添えると、出島屋は慌てて三和土に平伏《ひれふ》した。

「お待ちを。申しあげますので、命だけはお助けください。とあるお方に、おいしい商売があると、耳打ちされたのでございます」

「とあるお方とは」

「道伯《どうはく》さまと申す普化宗《ふけしゅう》の高僧であられます」

「普化宗の僧に偽薬を売れとそそのかされたのか」

「そそのかされてなどおりません。手前は道伯さまに心酔《しんすい》いたしております。あのお方は御仏に選ばれた本物の行者なのです。それを証拠に、お中入りで惨劇を目にすることになろうと予言なされました」

「おぬし、能舞台の惨劇をみたのか」

「はい。道伯さまは仰いました。閻魔大王の眷属《けんぞく》が太夫の身を借りた物の怪の頭頂を削ぐであろうと。削がれた物の怪の頭頂が、不老長寿の妙薬に変わったのでござります」

「世迷《よま》い言《ごと》を抜かすな。偽薬に箔《はく》を付ければ、飛ぶように売れると踏んだのであろう。それはおぬしの考えか」

出島屋はわずかな沈黙ののち、ひらきなおったように言いはなつ。

「ふん、気の利《き》いた商人なら、誰でもおもいつくことにござりましょう」

「儲けの一部は、道伯にも渡すつもりだったのか」

「もちろん、寄進はいたします。されど、道伯さまは金儲けなど望んでおられませぬ」

「金儲けのほかに、いったい何を望んでおると申すのだ」

「手前は存じあげません。ご本人にお尋ねください」

「何処《どこ》に行けば会える」

出島屋は口を結び、蔵人介が睨みつけると、ようやく喋った。

「豊川稲荷の貫首《かんじゅ》さまに言伝《ことづて》いたせば、道伯さまのほうから会いにきてくれます」

「豊川稲荷か」

歩き巫女の老婆もたしか、豊川稲荷のことを口にしていた。

蔵人介は襟を寄せ、同心の猪口に向きなおる。

「おぬし、十手持ちをつづけたかったら、出島屋に縄を打て。偽薬を売った罪を贖《あがな》わせるのだ。それができぬと申すなら、鳥居さまと直談判《じかだんぱん》するしかあるまい。悪徳商人を野放しにするのはどういう了見《りようけん》かと問いつめ、確たる返答が得られなければ、評定《ひようじよう》の場で真偽をあきらかにしてくれよう」

「……ひょ、評定の場にござりますか。それだけはご勘弁を」

威《おど》しが効いたのか、猪口は狼狽《うろた》える出島屋を押さえつけ、後ろ手に縛りあげる。

そして、奉公人たちが呆気に取られるなか、店の外へ連れだしていった。

「おい、どういうことだ。薬を売らねえのか」

長蛇の列に並んだ客たちが騒ぎだす。

「ともあれ、一件落着ですな」

串部は笑いかけてきたものの、これですんなり解決するとはおもえない。

何者かの気配を察し、通りを挟んだ物陰に目を向ける。

深編笠《ふかあみがさ》をかぶった大きな虚無僧《こむそう》が立っていた。

「あやつ……」

紅毛人の刺客かもしれぬ。

蔵人介が爪先を向けると、虚無僧は煙のように消えてしまった。

七

豊川稲荷の境内は霊験《れいげん》あらたかにして閑寂とし、ここが大名屋敷の一角であることを忘れてしまう。

夕暮れも近づいた頃、蔵人介はひとりで赤坂表伝馬町《あかさかおもてでんまちよう》の大岡屋敷を訪れた。

稲荷と名はついているが、三河国《みかわのくに》豊川の妙厳寺《みょうげんじ》という曹洞宗《そうとうしゅう》寺院の分院である。八代将軍吉宗《よしむね》のもとで大名に取りたてられた大岡越前守忠相《ただすけ》によって屋敷内に創建され、立身出世や盗難避けに効験のあるお寺として老若男女から信仰されていた。

蔵人介は目にみえぬ力に誘われたかのように、奥の院へ近づいていった。

周囲に参拝客はおらず、妙なことに、僧侶や寺男らしき人影もない。

観音扉を開けて踏みこむと、薄暗い伽藍《がらん》の中央で金色の祠《ほこら》が鈍い光を放っている。

構わずに歩《ほ》を進めると、黄檗《おうばく》の袈裟を纏った高僧がゆらりと行く手にあらわれた。

「何かご用か」

厳粛な口調で問われ、蔵人介はおもわず襟を正す。

「貫首さまであられますか」

「さよう、文環《ぶんかん》と申す。貴殿は」

「矢背蔵人介にござる。少し以前まで、将軍家の毒味役を務めておりました」

「矢背……鬼役か」

「いかにも」

文環禅師は、探るような眼差しを向けてくる。

「奥の院に祀られておるのは、白狐《びやっこ》に乗って豊穣《ほうじょう》をもたらす、女神の荼枳尼真天じゃ。本来の荼枳尼天は、かようにお優しいおすがたをしておられぬ。餓鬼形《がきぎょう》じゃ。右手に人の脚を、左手に人の手を持ち、死体を踏みつけておる。好物は人黄《じんおう》、人の魂魄《こんぱく》よ。閻魔大王の使者として娑婆《しゃば》に放たれ、定命《じょうみょう》の尽きかけた人をみつけては取り憑《つ》く。頭頂から足の裏にいたるまで、全身を半年かけて長い舌でしゃぶり尽くし、仕舞いには命を奪うのじゃ」

「何故、さようなおはなしをなさる」

「血腥《ちなまぐさ》いからよ。おぬしはおおかた、多くの者を殺《あや》めてきたのであろう。わしからみれば、煩悩《ぼんのう》のかたまりじゃ。おぬしがそうしたいと願うのならば、この世で栄《えい》耀栄華《ようえいが》を享受《きょうじゅ》し、あらゆる望みを叶《かな》えることもできよう。されど、臨終に際してはおのれの人黄を捧げると誓わねばならぬ。さよう、誓うべき相手は餓鬼形の荼枳尼天にほかならぬ」

「こちらの御堂は、それがしの参るところではないと仰る」

「いかにも、左道《さどう》の族《うから》が祈りを捧げるところではない」

蔵人介は小首をかしげる。

「左道の族とは、淫祀邪教《いんしじゃきょう》の異端密教を指しておられるのか」

「髑髏の捧げられた祭壇を築き、男女の交合《まぐわい》で妙適《みようてき》をきわめたすえに即身成仏となる。茶枳尼天を奉じる者は時として人の道を外れ、色欲のかぎりを尽くしておのれを見失う。茶枳尼天に魂を売るのじゃ。全身を舌でしゃぶり尽くされ、ついには、頭頂に宿る六粒のあまつひを捧げる。あまつひこそが人黄よ。人がこの世に生きる証《あか》しを失えば、漆黒《しつこく》の闇に落ちるしかなかろう」

救いのない説法だが、鋭く見抜かれているところもある。

翳《かげ》りゆく僧形《そうぎよう》に向かって、蔵人介は静かに語りかけた。

「貫首さま、ひとつ伺いたきことがござります」

「何じゃ」

「道伯と申す普化宗の僧をご存じか」

「ん、知らぬではない」

「何処に行けば、会えましょうか」

文環禅師は、逆《さか》しまに質《ただ》してくる。

「何故、道伯に会いたがる」

「献残屋に偽薬を売らせておりました。その理由《わけ》を質さねばなりませぬ」

「さようなことか。ふん、道伯こそが左道よ。何せ、みずからの右目を剔《えぐ》りとり、茶枳尼天に捧げおった男じゃからの」

ごくっと、蔵人介は唾を呑みこんだ。

「貫首さまとの関わりを伺いたい」

「二十年余り前、あやつに捨て子を預けてしもうた。それが始まりよ」

「捨て子にござりますか」

「そうじゃ」

初霜の降りたとある寒い朝、襁褓《むつき》に包《くる》まった乳飲み子が門前に捨てられていたという。

「わしは驚愕した。何と、その子の眸子は碧色《あお》でな、まさしく凶兆をもたらす無間《むげん》地獄の申し子としかおもえなんだ。それがゆえに、道伯と名乗る道心者《どうしんもの》の隻眼《せきがん》坊主に銭を与えて押しつけたのじゃ。あれがまちがいの始まりであった」

蔵人介の脳裏には、蛇面の裏に隠れた紅毛人の顔がまざまざと浮かびあがってくる。

もしや、捨て子とはあの者のことではないのか。

「襁褓には文《ふみ》が添えてあった。めめずが這ったようなおなごの筆跡《て》でな。あれはたぶん、母親のものであろう」

「文には何と」

「名だけが記されておった。捨飯となし
「捨飯」

「かたわらに、すてふぁんとあった。泣きながら書いたのか、震えた筆跡でな。もしかしたら、あれは父親の名だったのかもしれぬ」

「父親のあてが、おありなのですね」

「定かではない。されど、その日より十月前、和蘭陀商館長《オランダカピタン》の一行が江戸表を訪れておった。一行が滞在した長崎屋《ながさきや》の主人とは親しい仲でな、従者のひとりにステファン・バイローと申す者がおったらしい。医術を究めておってな、瘡《かさ》で悩む岡場所《おかばしょ》のおなごたちを診てやっていたとか。そのとき、懇《ねんご》ろになったおなごがおったのかもしれぬ」

岡場所の女郎《じょろう》は身籠もり、十月ののちに子を産み落とした。数奇《すうき》な運命を背負った子は豊川稲荷の門前に捨てられ、碧い目の混血であったがゆえに庇護《ひご》されず、貧しい道心者に押しつけられたのだ。

「今より半年前、道伯が二十数年ぶりに訪ねてきおった。立派な黒衣姿でな、諸大名に請われて仏事に勤しんでいると申す。されど、あやつの顔には死の影が宿っておった。仏事なんぞではなく、汚れ仕事を請けおっておるのだとすぐに察した。成長した捨飯ともども、邪《よこしま》な道へ逸れたとしかおもえなんだが、道伯はみずからを薬師如来《やくしにょらい》の化身だと信じて疑わなかった。捨飯は自分を守護する十二神将《しんしょう》の伐折羅神《バサラしん》なのだと、真顔で抜かしおったのじゃ」

いったい何をするつもりなのかと、文環禅師は質さずにいられなかった。

「道伯は何とこたえたのですか」

「心底から、この世を恨んでおる。生ある者をことごとく恨んでおるゆえ、世の中に毒をばらまくと息巻いておった。衆生《しゅじょう》を恐怖の坩堝《るつぼ》に陥れ、黒衣の宰相《さいしょう》となって幕閣の重臣たちを裏で操ってみせるとも抜かしおった」

邪な考えは捨てよ。捨てねば仏罰が下るぞと文環が告げても、道伯は呵々《かか》と嗤《わら》って取りあわなかったという。

「されば、何故、わしのもとを訪ねたのかと問えば、捨飯という幸運を授けてくれた礼をひとこと言いたかったと抜かす。そして、おのれの所在を尋ねてくる者があれば、教えてやってほしいと、ふてぶてしい顔で頼みおった」

「捨飯には会われたのですか」

「いいや、会ったところで仕方あるまい」

文環禅師が一歩踏みだす。

「お中入りで禍事《まがこと》があったそうじゃの。おぬしはそこにおったのか」

「おりました。蛇面をつけた刺客は太夫の頭頂を削いだあと、大広間のほうに向かってきた」

「もしや、刺客とおぼしき者と一合交《ごう》えたのか」

「交えました」

「おぬしが阻んだのじゃな」

「いかにも」

「やはり、そうであったか」

「やはりとは、どういうことにござりましょう」

文環禅師は左胸に手をあてる。

「おぬしが奥の院に踏みこんできたときから、胸騒ぎが止まらずにおる。封印《ふういん》したはずのはなしを告げたのは、おぬしの手でふたりに引導《いんどう》を渡してほしいからじゃ」

どうやら、来《く》し方の因縁を断ちきらせたいらしい。

「あのとき、襁褓に包まった乳飲み子に引導を渡すべきであった。なれど、わしにはできなんだ。殺生戒《せっしょうかい》を破れば、仏にお仕えできなくなる。かといって、碧い目の子を育てれば仏罰が下るに相違ない。乳飲み子のことよりも、わしはみずからの行く末を憂えた。そうするしかないとみずからに言い聞かせ、哀れな乳飲み子を道心者に預けたのじゃ。わしは弱すぎた。狡《ずる》く立ちまわることしか考えなかった」

二十数年前に犯した罪を負い目に感じつつ、文環禅師はどうにか生きのびてきたのだという。

「道伯は得体の知れぬ魔に取り憑かれ、捨飯は手の付けられぬ化け物になった。何もかも、わしの罪深い行状への報いじゃ。頼む、ふたりに引導を渡してくれ」

「何故、それがしに」

「古い文献で読んだことがある。矢背というおぬしの姓を耳にした途端、おもいだしたのじゃ。元禄《げんろく》の頃、近衛家にお仕えした洛北の誇り高き族の首長が、剣をもって徳川家を支えるようにと命じられた。首長は将軍家の毒味役となったが、その実は密殺を役目としていたと記されておった。おぬしがここへ導かれてきたのは、もはや、宿命としか考えられぬ。それゆえ、頼んでおるのじゃ。魔に憑かれた者たちを、一刻も早く楽にしてやってほしい」

蔵人介は諾《だく》とも否とも告げず、項垂《うなだ》れる文環禅師に向かって道伯の居場所を尋ねた。

八

文環禅師の口から漏れた場所は、隅田《すだ》村の奥にある廃寺だった。

翌朝、蔵人介は串部とともに、小舟を仕立てて大川《おおかわ》を遡上《そじょう》した。

霞《かすみ》たなびく対岸の墨堤《ぼくてい》には、桜並木が遠望できる。

「七分咲きでござりますな」

「いいや、五分咲きだな」

主従は船上で張りあったが、どっちにしろ、すぐに満開となろう。

梅若忌《うめわかき》で知られる木母寺《もくぼじ》の船寄せから陸《おか》にあがり、寺の裏から一本道をたどって綾瀬《あやせ》川のほうへ向かった。

左右には田畑しかなく、遠くで鴉《からす》が鳴いている。

行く手に雑木林がみえた。

「あれでござりますな」

と、串部がこぼす。

雑木林のなかには氏神《うじがみ》が祀られ、かつては曹洞宗の寺も建っていた。が、今では見る影もなくうらぶれ、狐狸《こり》のたぐいしか棲みついていない。なるほど、雨露さえ凌《しの》ぐことができれば、世を忍ぶ者たちにとっては恰好の塒となろう。

昼なお暗い雑木林に分け入り、泥濘《ぬかる》んだ道なき道を進んでいった。

「ん」

先行する串部が足を止める。

行く手には崩れかけた御堂があり、鴉の群れが飛び交っていた。

御堂の周囲には侍の屍骸が点々としており、鴉が目玉や屍肉《しにく》を突っついている。

「……こ、これはどうしたことだ」

串部はつぶやき、慎重に歩を進めていく。

蔵人介もあとにつづいた。

屍骸のそばを通るたびに、鴉が羽音を起《の》てて飛びたつ。

鋭い嘴《くちばし》を向ける鴉もおり、手で払い除けねばならなかった。

階《きざはし》のそばには落とし穴があり、槍衾《やりぶすま》の餌食《えじき》になった凄惨な屍骸もある。

蔵人介は息を詰め、御堂の内に潜む者の気配を探った。

殺気は感じない。道伯と捨飯はいないようだ。

階を上り、観音扉を押し開けた。

――ぎぎっ。

薄暗い御堂へ踏みこむと、侍がひとり倒れている。

色白の額に鎖鉢巻きを締めており、年はまだ若い。

串部が身を寄せ、口許に手を翳《かざ》した。

「息があります」

肩を抱き起こし、竹筒から水を呑ませてやる。

「……ぬぐっ、げほ……ぐえほっ」

若い侍は薄目を開けた。

頬骨が折れているようだが、深い金瘡《きず》はなく、命に別状はない。

ただ、意識は朦朧《もうろう》としており、まともに応じることができるまで、少しばかり時を要した。

外に転がった屍骸を数えると十を超え、生き残った者はひとりだけのようだ。

「……み、水を」

串部がふたたび水を呑ませてやると、若い侍はどうにか正気を取りもどした。

「おい、はなせるか」

「……は、はい」

串部の顔をみつめ、涙目でうなずいてみせる。

あらためて命が助かったことに気づき、泣きたくなったのだろう。

「おぬし、何処の者だ」

「水戸家の家臣にござります」

「水戸家か。名は」

「海保帆平《かいほはんぺい》にござる」

「その名、聞いたことがあるぞ。もしや、千葉周作《ちばしゅうさく》の玄武館《げんぶかん》で、一、二を争う剣客《けんかく》ではないのか」

「玄武館では師範代をやらせていただいております」

「それほどの剣客が不覚を取ったとはな。相手は大男か」

「あれは人ではありませぬ。天狗の化け物にござります」

惨劇が繰りひろげられたのは、丑三つ刻《うしみどき》（午前二時）であったという。

そもそも、何故、海保たちはこの廃寺へやってきたのだろうか。

「斉昭公がお命を狙われました」

昨日、隅田村から目と鼻のさきにある葛飾《かつしか》の梅田《うめだ》村において、水戸家家臣団による砲撃の大演習が催された。新たに鋳造した大砲を並べて撃ち、射程を計測したり、撃ち方に習熟するためのものであったが、よい顔をせぬ幕府への言い訳として「追鳥狩」と称し、鷹狩りの体裁をとっていた。

鳥を放したり、犬をけしかけたりする地元の百姓たちも大勢参じており、そのなかに野良着《のらぎ》に身を包んだ刺客が紛れこんでいたらしい。

刺客は警固の隙を盗み、軍配を握った斉昭のもとへ迫った。

丈で七尺近くはあり、獰猛《どうもう》で敏捷《びんしょう》な野獣のようであったという。

盾《たて》になった小姓たちは、幅広の斬馬刀《ざんばとう》でつぎつぎに斬られていった。

海保ら腕自慢の下士《かし》たちが分厚い人垣を築き、斉昭はどうにか難を逃れた。逆しまに刺客を追いつめたものの、包囲の網は易々《やすやす》と破られてしまう。それでも、追っ手は刺客の背中を必死に追いかけ、気づいてみれば雑木林のなかへ迷いこんでいた。

「今にしておもえば、わざと誘いこまれたのかもしれませぬ」

海保たちは泥濘《ぬかるみ》に足を取られ、暗がりで何度も立ち往生を余儀なくされた。急ごしらえの松明《たいまつ》を手にして進み、崩れかけた御堂に狙いを定めつつ、慎重に囲いの輪を狭めていったのである。

「相手のほうが一枚も二枚も上手《うわて》にござりました」

御堂の周囲には落とし穴などの仕掛けがほどこされており、味方が大混乱をきたすなか、刺客は御堂の内ではなしに背後の暗闇からあらわれ、斬馬刀で味方を撫《な》で斬りにしていった。

一方、海保は刺客と刀を合わせ、御堂へ追いつめたが、敷居の内へ躍りこんだところで不意打ちを食らった。

「柄頭《つかがしら》で顔を撲《なぐ》られ、気を失ってしまいました」

幸運にも撲られたおかげで、ひとりだけ生き残ったのだ。

海保は泣きだし、死んだ連中に申し訳が立たないと繰りかえす。

天狗の化け物が捨飯であることは、もはや、疑うべくもなかろう。

道伯らしき者の人影はみていないらしい。

別の場所へ塒《ねぐら》を移したにちがいなかった。

——逃すか、斉昭。

町入能の惨劇で耳にした台詞が甦ってくる。

何故、捨飯は斉昭の命を狙うのだろうか。

「斉昭公はよく、御自身で仰います。まわりは敵だらけだと」

誰かが刺客を雇って差しむけたとしても、海保に驚きはないという。

たしかに、斉昭は敵をつくるようなことばかりやっている。なかでも各所に顰《ひん》鑠《しゆく》を買ったのは、昨年中に領内で実施した廃寺令だった。寺の撞鐘や仏像を溶かして大砲を造らせたばかりか、寺そのものをいくつも廃し、道端の地蔵まで撤去させた。あげくの果てには、村ごとに神社を建てるように命じ、寺の僧侶がおこなっていた人別改《にんべつあらため》の役目を神官の手に移行させるなどした。

さすがに、仏を冒瀆《ぼうとく》しているとの訴えがあいつぎ、幕閣の重臣たちも「御三家の当主は武家の模範であるべきなのに、勝手気儘《きまま》な振るまいが目に余る」とし、評定に掛ける寸前までいった。公方家慶も眉を顰《ひそ》めていたし、老中首座の土井大炊頭などは隠居させるべきだと主張しているようだった。

とはいえ、副将軍でもあった水戸家の当主だけに、老中たちも強意見《こわ》はできない。一方で斉昭は英邁《えいまい》な君主としての評判が高く、身分に関わりなく実力のある者を登用する考え方は中士《ちゆうし》や下士たちから絶大な支持を受けていた。藩校弘道館《こうどうかん》の創設はその象徴であろう。逆しまに、旧態依然《きゆうたいいぜん》とした勢力からは煙たがられ、水戸家の付家老《つけがろう》である中山信守《なかやまのぶもり》を中心とする門閥《もんばつ》派などは斉昭に抗う姿勢をみせている。

要するに、外部だけではなく、内輪にも敵を抱えていた。

それにしても、命を狙われているとなれば、元鬼役として見過ごすことはできない。

御三家へ向けられた刃は徳川宗家《そうけ》へ向けられたもの、斉昭の命を狙うのは家慶の命を狙うことと同じなのである。

「斉昭公の身に何かあれば、それがしは生きていられませぬ」

そもそも、海保は安中《あんなか》藩の藩士であったという。剣の力量を買われ、水戸家へ引き抜かれたのだ。

「斉昭公には直々に、お口添えいただいたのでござります」

などと、泣きながら存念《ぞんねん》を語り、何度も気を失いかけた。

ついには串部に負ぶわれ、雑木林をあとにしたのである。

海保を連れていったさきは、小石川《こいしかわ》の水戸屋敷にほかならない。

わざわざ運んでやったにもかかわらず、応対した水戸藩の横目付《よこめつけ》には疑いの眸子を向けられ、蔵人介は根掘り葉掘り問われるがままに、みずからの素姓を詳しく説かねばならなかった。

九

水戸家で対応した横目付は柳葉軍兵衛《やなぎばぐんべえ》という小狡そうな四十男で、海保によれば付家老である中山家の血縁なのだという。

蔵人介の身分を知って目下とみなすや、柳葉は横柄《おうへい》な態度を取り、刺客の塒へおもむいた理由を執拗《しつよう》に聞きたがった。説くのも面倒なので適当にお茶を濁したものの、冷静沈着《ちんちゃく》な蔵人介でさえも怒りを抑えるのに苦労した。

ようやく解放されて屋敷の外へ出ると、八つ刻（午後二時）の鐘音《かねおと》が鳴っている。

後ろに控えた串部は、どうにも怒りが収まらない様子だった。

「串部よ、ちと落ちつこう」

「は、それがよろしいかと」

空腹を満たしつつ、憂さを晴らしたいなら、日本橋芳町《よしちょう》の『お福《ふく》』に向かうしかなかろう。

主従は神田《かんだ》川に架かる水道《すいどう》橋を渡り、小栗《おぐり》坂を上って駿河台《するがだい》の高台から錦《にしき》小路へ抜ける道筋をたどった。

鎌倉河岸へやってくると、あいかわらず、白酒を売る『豊島屋』の門前には長蛇の列ができている。一方、献残屋のくせに偽薬を売っていた『出島屋』のほうは閑散としていた。主人の六右衛門は罰せられ、店は闕所《けっしょ》にでもなったのだろう。

「ざまあみろ」

串部は吐きすて、閉めきった板戸に貼られた紙を引っぺがしてきた。

「……何々、近々に商売を再開しますだと。性懲《しょうこ》りも無く、かような報せを喧伝《けんでん》しおって。猪口とか抜かす不浄役人め、出島屋を裁くふりをして適当にごまかしたにちがいありませぬぞ」

商売を再開するようなら、町奉行所に掛けあうしかなかろう。考えるだけでも気が重い。早く何とかせよと志乃に急《せ》かされるのはわかっていたが、放っておきたい気分だった。そもそも、徳大寺実堅のもたらした丸薬についても不老長寿の効能などあるはずもなく、偽薬との明確なちがいを説明できそうにない。志乃の顔を立てるためとはいえ、深入りしたくないのが本音だった。

「ともあれ、腹ごしらえがさきだな」

「仰せのとおり。昨晩は、蛤《はまぐり》の酒蒸しに舌鼓《したつづみ》を打ちましたぞ」

「おぬし、昨晩も行ったのか」

「何せ、一日の終わりにおふくの顔を拝まねば、安心して眠りに就けませせぬ」

惚れているにもかかわらず、はっきりと口に出して気持ちを伝えられない。不器用な大男が赤面する様子を眺めると、ささくれ立った気持ちもいくぶんかは和《なご》んだ。

おふくはかつて、吉原《よしわら》で人気を博した花魁《おいらん》だった。身請《みう》けした商人が抜け荷に手を染めて闕所となったため、裸一貫から一膳飯屋《いちぜんめしや》を立ちあげ、細腕一本で繁盛店にさせたのである。

芳町は蔭間《かげま》の巣窟《そうくつ》として知られ、夕方になると淫靡《いんび》な雰囲気が漂う。貧乏人相手の両替屋なども並ぶ路地裏のどんつきには、看板代わりの青提灯《あおちょうちん》が揺れていた。

まだ暮れてもいないのに、暖簾を振り分けると、常連たちが集まっている。

おふくと床几《しょうぎ》越しに差しむかいで呑める特別な席が、蔵人介と串部のためにいつも空けてあった。

「お殿さま、ようこそお越しくださいました」

明樽《あきだる》に座ると、おふくは嬉しそうに愛想《あいそ》を振りまく。

ふっくらした色白の肌をしており、さりげない仕種に色気を感じさせた。

最初に小鉢で出されたのは若布《わかめ》と胡瓜《きゅうり》の酢の物、針生姜を添えていただく。

さり気ない一品だが、強烈に食欲をそそられた。

燗酒は灘《なだ》の生一本の諸白《もろはく》、ほかの客に出す地元の安酒とはわけがちがう。

蔵人介といっしょでなければ味わえぬ酒なので、串部もひと口呑んだ途端に破顔《はがん》してみせた。

時をおかずに出されたのは、白魚の卵とじだ。小鍋に葱《ねぎ》と芹を敷き、塩水で洗った白魚をごっそり載せ、昆布の出汁に酒や醤油を足して中火にかける。煮立ったところで溶き卵をまわし入れるのだが、二重丸を描くまわし方に骨法《こつ》があり、串部がやってもおふくのように上手くはいかない。

ほどよく半熟になった卵を白魚に絡め、山椒《さんしょう》を少しかけて食せば、旬の恵みに感謝せずにはいられなくなった。

「美味いな」

情感を込めて漏らすと、珍味とも言うべき穴子《あなご》の煮こごりが出された。

「今晩いらっしゃるとおもって」

昨夜から仕込んでおいたのだという。

「ありがたい」

蔵人介が微笑《ほほえ》むと、串部は隣で口を尖《とが》らせた。

早くも酔いがまわったのか、客あしらいに差がありすぎると文句を言う。

煮こごりは、食したそばから唸りたくなった。

甘味の塩梅《あんばい》がちょうどよく、穴子のうま味をしっかり閉じこめている。

さらに、二合ほど嗜《たしな》んだところへ、ぐつぐつ煮えた土鍋が出された。

「浅蜊《あさり》か」

「はい、大根や分葱《わけぎ》といっしょに味噌仕立てにいたしました」

昆布出汁も効いており、これがまた、じつにこくがあって美味い。

「ご満足いただけましたか」

「もちろんだ」

「されば、お殿さまにだけ、これを差しあげましょう」

おふくが小皿に入れて出したのは、料理ではない。

黒い豆粒のような代物だった。

同じ見掛けのものを老驥庵で毒味した。

「まさか」

「今噂の奇瑞人黄丸にござります」

「巷間《こうかん》で噂になっておるのか」

「ええ、寛永寺《かんえいじ》や浅草寺《せんそうじ》の門前でも売られておりましてね、一粒で何と一朱もするんですよ」

常連のひとりに土産で十六粒貰ったらしい。

「一両払わねば買えません。でも、一粒で十日も寿命が延びると聞けば、買わずにはいられなくなりましょう」

献残屋の出島屋だけでなく、すでに、江戸市中のいたるところで怪しげな商人どもが売りさばいているようだった。

串部ともども、驚きを禁じ得ない。

おふくはつづける。

「丸薬をつくっているお方は、隻眼禅師というお偉いお坊さんだそうです。しかも、ただのお坊さんじゃないそうで。噂では、即身成仏になりかけているとか」

「ふうむ」

蔵人介は考えこんでしまう。おふくの言う「隻眼禅師」とは、みずからの手で右目を刳り取った道伯のことであろう。

「何処に行けば会えるのか、ご存じのお方がおられますよ」

「まことか。それは誰だ」

蔵人介が身を乗りだすと、おふくは悪戯《いたずら》っぽく微笑む。

「お殿さまもよくご存じの。というより、お殿さまがこの店にお連れになったお方ですよ。ほら、毒と薬の見分けができる烏賊《いか》の燻製《くんせい》……じゃない、薬師の」

「角野《かどの》薫徳《くんとく》か」

「はい」

このところは三日にあげずやってきては、酒を浴びるように呑んでいくらしい。

串部も何度か鉢合わせになっていた。

「今宵《こよい》は来ぬようだな。ならば、こちらから出向くとするか」

善は急げ、蔵人介は席を立った。名残《なごり》惜しいが、おふくに別れを告げ、渋い顔の串部をともなって店から出る。

外はとっぷり暮れていた。

薫徳の塒は、さほど離れていない。

浜町《はまちよう》河岸に面した難波《なにわ》町《ちよう》の一角にある。

狭い路地をいくつか曲がって袋小路に踏みこむと、暖簾も屋根看板も掲げていない生薬屋があった。

薫徳は薬問屋の集まる大坂道修町《どしようまち》の出だ。道修町には緒方洪庵の看立所《みたてじよ》もあり、息子の鐵太郎が世話になっている。それもあって、蔵人介は親しみを感じていたが、肝心の薫徳は周囲と打ち解けようとしない変わり者で、酒だけが友のような男だった。

「大殿とお親しいので大目にみておりましたが、あのすけべ爺《じじい》め、酔っ払った勢いでおふくの手に触れようといたします。どれだけ毒に詳しいか知りませぬが、それがしは関わりたくありませんな」

「別に関わらずともよい。何なら外で待っておれ」

「そんな、つれないことを仰いますな」

店の敷居をまたぎ、暗がりに一歩踏みこむ。

「うっ、この臭い、干涸《ひか》らびた鯣《するめ》の燻製にござる」

「嚙《か》めば嚙むほど味が出る。鯣のような調合師なのさ」

細長い三和土を奥まで進むと、小上がりのうえで人の気配が蠢《うごめ》いた。

覗いてみると、白髪を茶筅髷《ちゃせんまげ》に結った老爺《ろうや》が灯《あか》りのそばに座っている。

何かと何かを調合しているらしい。

「毒をつくっておるのか」

蔵人介が声を掛けると、薫徳は声を起てずに笑った。

「天竺渡りのめずらしい種《たね》を手に入れましたんや。馬珍子《マチン》いいましてな、矢背のお殿さまならご存じでっしゃろ」

「本草《ほんぞう》の古い本で読んだことがある。唐土《もろこし》の本道医《ほんどうい》たちが毒殺に使う種だと記されておった」

実物を目にしたことはない。

「これでおます」

皿に載っているのは、扁平《へんぺい》で真ん中の少し凹《へこ》んだ灰色の種である。

うえっという顔になる串部をみつめ、薫徳は嘲《あざけ》るように笑いかけた。

「馬珍子の毒を盛られた者は、からだじゅうに痙攣《けいれん》を引きおこし、断末魔《だんまつま》の苦しみをたっぷり味わったあと、四肢《しし》を突っ張らせて死んでいくんや。ただしな、抽出《ちゅうしゅつ》された液はとんでもなく苦いらしい。そやから、どうやって相手に呑ませるのかが思案のしどころっちゅうわけや」

「おぬし、何故、さような危うい毒をつくっておる。誰かに頼まれたのか」

「頼まれてまへん。おもろそうやから、調合しておりまんのや」

そこへ、肥えた野良猫が忍びこんでくる。

「おっ、野良か」

「なあご」

薫徳は立ちあがり、魚の切れ端を載せた平皿を抱えてきた。

「三ツ俣《みつまた》で釣った鯔《ぼら》や」

平皿を三和土に置くと、野良が飛びこんできた。

「おう、そうか。腹減っとるんか」

薫徳は何をおもったか、調合していた毒薬の粉を魚に振りかける。

「げっ、何をする」

串部が声をあげると同時に、野良の動きが止まった。

四肢を痺《しび》れさせ、ころっと横に転がってしまう。

「……ま、まさか、毒を食わせたのか」

「がたがた喚《わめ》きなはんな。まあ、みておれ」

しばらくすると、野良がふいに起きあがり、何事もなかったように魚をがつがつ食べはじめた。

「塗《まぶ》した粉は馬珍子やない。毒は毒でも毒芹《どくせり》や。少量なら痺れるだけやから安心せい」

「脅かすな、阿呆」

「毒にもいろいろあるんやで。あんたも気ィつけなあかんで。臭い嗅いだだけであの世へ逝ける毒もあるからな」

「……ま、まことか」

袖で鼻と口を隠す串部に向かって、薫徳は黄色い乱杭歯《らんぐいば》を剥《む》いて笑う。

「ひゃはは、ここにはないわ。あんた、よほど死にとうないんやな」

笑いが収まったところで、蔵人介が肝心なことを問うた。

「じつは、おぬしに聞きたいことがあってな。隻眼禅師なる者を存じておるか」

「木乃伊の天蓋を削って薬を調合してほしいて、内緒で頼まれましたわ」

「請けおったのか」

「返事はまだしてまへん」

「何処に行けば会える」

「さあ、はっきりとは。ほんでも、おるかもしれへんところがひとつ」

「今から案内《あない》してもらえぬか」

薫徳は毒の調合を止め、汚れた布で掌《て》をごしごし拭きはじめた。

「お殿さまのお言いつけとあれば、案内さしてもらいまっさ」

遥かむかしに市中で暴漢から救ってやって以来、薫徳は蔵人介のことを慕っていた。重い腰をあげてくれたことに感謝すると、頭を爪で掻いて床が白くなるほど雲脂《ふけ》を落とす。

串部は顔を背け、逃げるように店から出ていった。

外の闇は深まりつつあり、行く手に閃《ひらめ》く軒行燈《のきあんどん》の光は心許ない。

薫徳はのっそりあらわれると、老いた猫のように背中を丸めて歩きだした。

十

薫徳に連れていかれたのは小石川で、夕方に海保帆平を運んだ水戸屋敷のそばへ戻ってきたことになる。

三人は広大な水戸屋敷を横目にしながら安藤《あんどう》坂を上り、伝通院《でんずういん》前の通称同心町《どうしんちょう》を通って牛込の御箪笥町《おたんすまち》へ向かった。途中で右脇の抽斗《ひきだし》横丁に逸れ、智香寺《ちこうじ》と光岳《こうがく》寺《じ》の門前からさきへ進む。

右手に連なるのは松平右京大夫《まつだいらうきょうのだいぶ》の上《かみ》屋敷の海鼠塀《なまこべい》、右京大夫は常陸《ひたち》国府中《ふちゅう》藩二万石を治める水戸家の血筋だ。上屋敷の北に流れる谷端《やばた》川の対岸には御薬園《おやくえん》があり、谷端川は水戸屋敷内に浚渫普請《しゅんせつふしん》された大下水《おおげすい》へと通じている。

暗がりのなか、蔵人介と串部は薫徳に先導され、旗本の拝領屋敷が集まる一角へ踏みこんだ。

北端に一軒だけ、廃屋となった屋敷がある。

破れた冠木門を潜りぬけると、敷地内は整備されずに雑草で埋め尽くされ、何やら淀《よど》んだ空気が漂っていた。

「ここに何があったか、おわかりでっか」

薫徳に問われ、蔵人介はうなずいた。

「切支丹《キリシタン》屋敷か」

幕初の頃、周辺一帯は宗門改役《しゅうもんあらためやく》を担った井上筑後守政重《いのうえちくごのかみまさしげ》の下屋敷であった。敷地内には牢や番所が設けられ、漂着した伊国《イタリア》の宣教師らが収容された。八代将軍吉宗《よしむね》の治世下に火事で焼失してからは再建もされず、しばらくは火除地《ひよけち》となっていたが、寛政《かんせい》期に宗門改役が廃止されたのち、何棟かの拝領屋敷が建てられ、家禄五百石前後の旗本たちに下げわたされたという。

薫徳は勝手知ったる者のように枯れ草を踏み、龕灯《がんどう》で行く手を照らしながら暗い敷地の奥へと進んでいった。

「番人もおらへん」

玄関口は板戸で塞《ふさ》がれていたが、打ちつけられた釘は錆《さ》びており、板戸を少しだけ剝がすと、どうにか通りぬけられるだけの隙間ができた。

「おいおい、入るのか」

串部が呆れた口調で言う。

「びびってんのかいな」

薫徳は小莫迦《こばか》にしつつ、龕灯で漆黒の闇を照らした。

「無理もあらへん。こん屋敷には石牢があった。切支丹のやつらが拷問《ごうもん》されたり、処刑されたところや。夜中になれば、地の底から泣き声やら呻き声やら賛美歌まで聞こえてきよるらしい。そやから、こん屋敷だけは住みつく旗本がひとりもおらなんだのや。おまはん、幽霊が恐いんか。幽霊いうんはの、恐がるやつの後ろに出るんやで」

「ひぁっ」

串部は大きなからだを縮め、蔵人介の前に飛びだす。

「ひゃはは、おまはん、ただの木偶《でく》の坊《ぼう》やな。ま、お殿さまの邪魔だけはせんといてや」

屋敷のなかは埃《ほこり》っぽく、甘酸《あまず》っぱい匂いがたちこめていた。

薫徳はどんどん奥へ進み、狭い廊下のさきで足を止める。

龕灯を翳《かざ》しても、正面には罅《ひび》割れた壁しかない。

薫徳はふいに屈み、床板をふわりと持ちあげた。

ひんやりとした風に、臑《すね》のあたりを撫でられる。

覗いてみると、地下へ通じる穴があった。

「ここからは梯子《はしご》や。おい、木偶の坊、さきに行け」

「勘弁しろ」

串部は抗ったが、蔵人介にも促され、仕方なく梯子を降りはじめた。

薫徳がつづき、最後に蔵人介が長い梯子を伝って降りる。

串部が身を震わせた。

「おい、寒いぞ」

「あたりまえや、石牢やからな」

「げっ、石牢なのか」

かなり深い。高さ一丈《じょう》二尺（約三・六メートル）の石壁で四方を囲まれているらしい。

「ここに入れられたら、容易には出られへんで」

龕灯の灯りに映しだされた壁面には、引っ搔いた爪痕や手形のようなものまで見受けられる。切支丹たちの拷問や処刑も、ここでおこなわれたのであろう。

「感じるやろ、この石牢には苦しんで死んでいった者たちの怨念が渦巻いておる」

串部は硬直したまま、声も出せずにいる。

「お殿さま、こちらへ」

四角い部屋の隅へ歩を進め、薫徳は地べたに龕灯を置いた。そこだけが石の扉になっており、力を入れて押し開けると、屈んで通れるほどの穴蔵へ通じている。

「さあ、なかへ」

薫徳は龕灯を拾って翳し、背を丸めて穴蔵の奥へ進んだ。天井は低いものの、ふたりが横並びで進むことはできる。すぐに行き止まりとなり、薫徳が龕灯で地べたを照らした。

「うひぇっ」

後ろに控えた串部が叫ぶ。

灯りに浮かびあがったのは、筵《むしろ》に寝かされた土気色《つちけ》の赤子たちであった。

「赤子の木乃伊や」

臍《へそ》の緒《お》がついたままの赤子が、仰向《あおむ》けで三体並んでいる。

串部が口を開いた。

「おぬしをここに連れてきたのは、糞坊主なのか」

「そうや。こんなかで大事な儀式をおこなう言うてはったわ」

道伯本人によれば、かつて宗門改を兼ねていた大目付《おおめつけ》の筋から秘かに命じられ、石牢で亡くなった者たちを供養する役目を担っているとのことらしい。

「大目付か」

蔵人介の脳裏に浮かんだのは、浅からぬ因縁のある遠山左衛門尉景元《とおやまさえもんのじょうかげもと》であった。されど、まさか、誰よりも悪事を嫌う遠山が騙り坊主と通じているとはおもえない。遠山の配下に介在している者がいるのか、それとも他の大目付と通じているのか。

「嘘か真実《まこと》かわからへんけど、赤子は伴天連《バテレン》とおなごの切支丹たちとのあいだにできた子なんやて」

生まれてすぐに死んだか、間引《まび》きされた赤子たちらしい。当時の役人が切支丹の祟《たた》りを恐れ、永遠の命を保つと信じられていた木乃伊にすべく、全身に蜜を塗って保存したのだという。

木乃伊の頭頂は粉にされ、高価な船来薬として長崎経由でもたらされる。が、ごく稀に、木乃伊そのものが持ちこまれることもあった。乾燥した砂漠などでしかみつからぬこともわかっているが、湿度などの条件が整えば日《ひ》の本《もと》でもつくることはできる。

たとえば、陸奥《むつ》の各所で見受けられる即身成仏などもそうだが、蔵人介は見世物《みせもの》小屋などに陳列される河童や半獣半魚の木乃伊を思い浮かべた。半獣半魚とは猿や猫の頭と魚の尾をくっつけた精巧な造り物で、河童にしてもそれらしく造る職人たちがおり、長持ちさせるためには蜜蜂の巣から採取した蜜を塗るのである。

「どうやって孕《はら》ませたのかも、孕ませた理由もわからん。せやけど、坊さんは言うてはったわ。切支丹の赤子はこの世に産み落とされた怨念のかたまり、天蓋を削って丸薬にすれば効果は覿面《てきめん》やろうとな」

木乃伊の天蓋にはたしかに薬効があると、薫徳は言う。

「貝原益軒《かいばらえきけん》先生の『大和本草《やまと》』にも、木乃伊の効能はちゃんと書いてあるんや。血止めの即効薬やし、腹痛や胸焼けにもよう効く。歯痛には蜜といっしょに塗りゃええし、毒虫や獣に噛まれたときも粉に油をくわえて塗りゃええ。万能薬や。せやけど、どう逆立ちしたところで、不老長寿の薬にはならへん。坊さんはな、呪詛《じゅそ》をかけるそうや。茶枳尼天《だきにてん》の陀羅尼《だらに》を唱えながら呪詛をかけてやれば、ただの薬ではなくなるんやて。わいはひとつ目の眼光で射貫《いぬ》かれたようになってな、坊さんのことばを信じてみようておもうたんや」

「そんなもの、まやかしにきまっておろう」

串部の指摘に、薫徳は苦笑する。

「まやかしと頭ではわかっておっても、誰かの強いことばに縋《すが》りたくなるときがある。たぶん、それやろな。わいみたいなもんでもその気になるんやから、信心深い巷間の連中はころっと騙《だま》されてしまうわい」

薫徳がしょぼくれた顔を向けてきた。

「お殿さま、わいはどないしたらええんでしょう」

道伯は腕のよい薬師を必要としている。木天蓼とごぎょうを混ぜた偽薬では、さすがにごまかしきれない。それがわかっているのだ。武家伝奏がもたらした奇瑞人黄丸に近い効能の丸薬を量産し、さらなる金儲けを目論《もくろ》んでいるにちがいない。

しかし、真の狙いは金儲けではなかろう。

おそらく、毒薬をつくるように命じてくると、蔵人介は読んだ。

「それこそ、馬珍子の毒を仕込めば、容易に相手を毒殺できようからな」

「恐ろしいはなしや。あの坊さん、誰を殺《あや》める気なんやろ」

捨飯に命を狙わせた相手は、水戸家当主の斉昭であった。誰かに命じられてやったというよりも、道伯自身が斉昭にたいして強い怨みを抱いているのではあるまいか。か。そんなふうにもおもう。

道伯は「心底から、この世を恨んでおる」と、文環禅師に言った。「生ある者をことごとく恨んでおるゆえ、世の中に毒をばらまく」と息巻き、衆生を恐怖の坩堝に陥れると豪語したという。

文字どおり、江戸じゅうに毒をばらまき、無差別に誰彼かまわず殺めるつもりなのかもしれない。

「けっ、信じられへん。そないなはなしなら、乗られへんわ」

感情を露《あら》わにする薫徳に向かって、蔵人介は意外な台詞を吐いた。

「乗ればよい」

「えっ」

「案ずるな。乗ったふりをするのだ」

「乗ったふり」

「どっちにしろ、毒づくりを断れば、命はあるまい。それくらいは、おぬしもわかっておろう」

「さすが、お殿さま、何でもお見通しや。こないな年寄り、いつ死んでもええておもうとりましたけど、いざ死ぬとなったら未練たらたらで、どないしよておもうとったんです。お殿さまがおってくれたら、恐いものなどひとつもありまへん」

三人は屈んだ姿勢で引き返し、穴蔵から石牢に戻った。

薫徳の手で石の扉が閉められると、蔵人介は改めて問いなおす。

「そもそも、道伯はどうやっておぬしのことを知ったのだ」

「出島屋六右衛門いう献残屋に巧《うま》いこと口説かれて、強引に引きあわされましてな」

以前、ひょっこり店を訪ねてきた出島屋に、七面倒臭い生薬の調合を教えてやったことがあった。そのときに力量の高さを見抜かれたことが、薫徳に不運をもたらしたのだろう。

「出島屋なら知っておるぞ。道伯の偽薬を世に広めた悪党ではないか」

「世渡り上手のお調子者で、ほんま、いけすかんやつやが、偽薬で儲けた金をどないして使《つこ》うたんか、水戸家のご重臣に取り入って、あれよあれよという間に御用達にまでなりよったんです」

「えっ、そうなのか」

「つい先だってのはなしですわ。しかも、献残屋ではなしに、堂々と薬種問屋の看板を掲げおってからに。ほんま、いけすかん騙り商人や」

鑑札を入手するには相応の期間を要する。おそらく、以前から周到に根回しをおこなっていたのだろう。

その出島屋が道伯との連絡役《つなぎ》なのだという。ひょっとしたら、道伯に命じられて水戸家へ近づいたのかもしれないと、蔵人介は勘ぐった。いずれにしろ、出島屋の筋をたどって、騙り坊主の顔を拝むしかなかろう。

「無駄足をさせてもうて、えらいすんまへん。ほんでも、お殿さまに赤子の木乃伊をみてほしかったんですわ」

薫徳は頭を掻きながら、梯子のほうへ戻っていく。

串部がぴたりと背中につき、蔵人介は少し遅れてつづいた。

途中で振り返り、石の扉に向かって両手を合わせる。

「……すまぬ、許してくれ」

誰かの代わりに謝らねばならぬとおもった。

道伯の語ったことが真実なら、信仰心の厚いおなごたちに産み落とされた赤子たちは百年以上ものあいだ、地下の穴蔵に閉じこめられていたことになる。

「酷すぎるではないか」

信者のおなごたちを異国の宣教師と契らせ、身籠もった赤子を産み落とした途端に抹殺し、冷たい地べたに放置する。

いったい、誰がこのような酷い仕打ちを命じたのであろうか。

当時の役人が切支丹の祟りを恐れてやったのだと、道伯は薫徳に告げた。

だが、そうではなかろうと、蔵人介はおもう。

見懲《みご》らしの道具にする明確な意図のもと、立場の高い者が下の連中に密命を下したにちがいない。邪教を禁じる一手となすべく、赤子たちを河童や半獣半魚と同じような見世物に仕立てようとしたのだ。

自分たちと信じるものが異なるからといって、人の道に外れた仕打ちをしてよいはずはない。誰であろうと、善良な誰かの信仰心を挫《くじ》くために、酷い責め苦を強《し》いてはならぬはずだ。

幸か不幸か、赤子たちは地下に見捨てられ、見世物にされずに済んだ。

だが、百年以上の時を経て、封印すべき来し方の呪縛《じゅばく》を別のかたちで解こうとする者があらわれた。欲得のためなのか、野心のためなのか、それとも、世の中への漠《ばく》とした逆恨みからなのか、騙り坊主の意図はわからぬ。だが、死者を蔑《さげす》む行いを許してよいはずはない。

蔵人介は歩きはじめ、ふと、足を止めた。

木乃伊とは別の何かに呼ばれているような気がしたのだ。

「薫徳、灯りを」

戻ってきた薫徳から龕灯を受けとり、慎重に壁面を照らす。

さきほどとは別の箇所に、激しく指で引っ掻いた痕《あと》をみつけた。

壁を手で押すと一部が崩れ、ぽっかり穴が開いた。

「ん、ここか」

穴は狭すぎ、片腕しか入らない。

おもいきって腕を入れると、何かに触れた。

引きずりだしてみれば、二体の赤子である。

薫徳が顔を近づけた。

「蜜の匂いがしよるけど、木乃伊やおまへんな」

木乃伊になりかけてはいるものの、生まれたての赤子の遺体にほかならない。

「死後半年くらいやとおもいます。木乃伊にしようておもうたのかもしれまへんな」

脳味噌や臓物《ぞうもつ》を吸いとって腐敗を防ぎ、一定の条件下で保存すれば、たしかに半年ほどで木乃伊に似た状態にはなる。

半年前、この石牢で何があったのだろうか。

串部も後ろから乗りだしてきた。

「儀式とやらで殺められた赤子かもしれませぬぞ」

かりにそうであったならば、道伯の目的は判然としない。儀式に集う信者たちの心を繋《つな》ぎとめるべく、生まれたばかりの赤子を人身御供にしたのだろうか。あるいは、木乃伊のなかでも効能がきわめて高いとされる赤子の木乃伊を、即席で量産しようとしているのか。

いずれにしろ、血の通った者のやることではない。

蔵人介は眸子を瞑《つむ》り、赤子の遺体に両手を合わせる。

道伯という狂気じみた男への殺意が、静かに燃えあがってくるのを感じていた。

纏《まと》う血

一

弥生十三日。

矢背家はめずらしく、一家で花見に繰りだした。

卯三郎の許嫁となった門脇香保里と弟の杢太郎もいっしょだ。姉弟は新番士を務める実家でのびのびと育ったせいか、誰にたいしても物怖《ものお》じするところがなく、おもったことを何でも口にする。叱られてもめげず、素直で可愛げのあるところが、志乃や幸恵にも気に入られていた。

「飛鳥山《あすかやま》は遠すぎるし、上野《うえの》の山内は静かすぎる。やはり、ちょうどよいのは墨堤にござりますな」

串部が声を張りあげると、李太郎も楽しげに同調する。

「従者どのの仰るとおり、墨堤の桜は今が満開にござります」

見頃は三日ほど過ぎ、もはや、散りはじめている。

それでも、誰ひとり細かいことは言わない。散りゆく桜にも風情があるからだ。

須崎《すさき》村の三囲《みめぐり》稲荷から白鬚《しらひげ》神社を経て隅田村の木母寺にいたるまで、全長二十三町《ちょう》（約二・五キロ）におよぶ墨堤は朝から大勢の花見客で賑わっている。鳴り物や芸人の賑やかしは禁じられておらず、酒や食べ物を持ちこんでも罰せられぬため、赭《あか》ら顔の侍や町人たちもちらほら見受けられた。

墨堤から大川に目をやれば、大小の花見舟が浮かんでいる。なかでも、際だって大きな九間一丸《くまいちまる》は日本橋本石町《ほんこくちょう》にある『長崎屋』の貸切で、長崎から参府《さんぷ》に訪れた和蘭陀商館長の一行を乗せているらしい。

「おうい、長崎から遥々《はるばる》よう来たな」

李太郎が楽しげに叫んでいる。串部も調子に乗って、声を張りあげた。

「天狗の顔をみせてみろ。酒の肴《さかな》にしてくれよう」

もちろん、舟には聞こえていない。商館長の一行は、霞《かすみ》と化した墨堤の桜を堪能していることだろう。

着飾ったおなごたちは白鬚神社を過ぎると、たいていは長命寺《ちょうめいじ》の門前へ足を向ける。名物の桜餅を買うためだ。串部と杢太郎が先乗りして列に並び、人数分の桜餅を仕入れてきた。

おなごたちは桜木の下に茣蓙《ござ》を敷いて座り、待ちかねた桜餅を手にすると顔をほころばせる。だが、すぐには食べない。志乃と幸恵はさりげなく、香保里がどうやって食べるのかを窺《うかが》っていた。

桜餅は漉《こ》し餡《あん》を餅皮で袱紗《ふくさ》折りにして包み、塩漬けの桜葉を巻いて仕上げる。

香保里は細長い指で葉を剝き、食べるまえに除こうとした。

「ほらね」

と、志乃が世話焼き顔で意見する。

「葉を除いてはだめ。こうして、いっしょに食べるのです」

豪快に葉ごと口に入れ、やってみろと促す。

香保里は鼻の下に皺《しわ》をつくった。

「門脇家では葉を食べませぬ」

すかさず、幸恵が口添えする。

「郷《ごう》に入っては郷にしたがえと申すでしょ。わたしの実家も葉は剝きます。されど、今ではすっかり」

幸恵も葉ごとぱっくり餅を食べてみせた。

「これが矢背家のしきたりです。些細《ささい》なことかもしれないけど、こうしたことが大事なのですよ」

他家に嫁入りする心構えを説いている。香保里にもそれくらいはわかるので、言われたとおり、葉ごと餅をひとくち食べた。

「あっ」

存外に美味しかったのか、驚いたような顔になる。

志乃と幸恵は自慢げに微笑み、用意してきたお茶を廻し呑みする。

気の合う三人ではないかと蔵人介はおもい、かたわらの卯三郎に小さくうなずいた。

卯三郎はどうなることかとはらはらしていたようで、ほっと安堵《あんど》の溜息を吐く。

「それ、やっとこな」

串部と杢太郎は幇間《ほうかん》よろしく、竹筒に仕込んだ安酒を呑みながら陽気に手踊りをしはじめる。

浮かれた気分になりかけたところへ、水を差す連中があらわれた。

「当てろ、当てろ」

十人ほどの月代侍たちが、桜の幹に向かって瓦を投げつけている。

侍たちは酒を呑んでおり、瓦は何処からか大量に持ちこんだものらしかった。

「当たったら四文《もん》ずつ払え。当てた者が総取りじゃ」

投じられた瓦が幹に当たって砕け散ると、侍たちは無邪気に手を叩いてはしゃぐ。

ほかの花見客は難を避けて通ろうとするが、なかには酔った侍どもに通せんぼされてしまう者もあった。

「ありゃ水戸の天狗党じゃぞ」

町人の囁《ささや》きが聞こえてくる。

三囲稲荷のそばには水戸家の蔵屋敷があり、気の荒い下士たちが幅を利かせているのは知っていた。

天狗党の青臭い連中は「われらは英明な斉昭公をお支えし、日の本に新風を吹かせるのだ」と豪語する。御三家の家臣であるにもかかわらず、外敵にたいする幕府の及び腰を公然と詰《なじ》り、諸藩は来たるべき決戦に備えて富国強兵に邁進《まいしん》せねばならぬなどと、威勢のいいことを声高《こわだか》に叫ぶ。横柄《おうへい》な態度が目に余るので、世間から「天狗党」と呼ばれるようになったらしい。

ここからさほど離れておらず、瓦が飛んできそうな気配もある。

案の定、投じられた一枚が桜木から逸れ、かなりの速さで飛来した。

串部が一歩踏みだすや、拳のひと突きで粉々にする。

「おっ、素手で砕きおった」

天狗党の連中から歓声が湧いた。

暇を持てあましているのか、連れだってぞろぞろやってくる。

面倒臭いので「相手にするな」と蔵人介が囁いても、串部は聞く耳を持たない。

卯三郎と杢太郎も殺気を帯びて身構えたが、志乃だけは泰然自若《たいぜんじじゃく》としている。

「そちらのお方、お強そうじゃが、何処かの御家中か」

図体の大きな男が近づいてきた。

ふんと、串部は鼻を鳴らす。

「花見の楽しみを台無しにしおって。おぬしら、それでも御三家の家臣か。瓦投げがしたければ、飛鳥山にでも行ってやれ」

怒りにまかせて発すれば、得たりとばかりに男は嘲笑う。

「くふふ、水戸の天狗党に喧嘩を吹っかけるとはな、良い度胸じゃ。もう一度聞こう、おぬしらは何処の家臣じゃ」

「そんなに知りたいのか」

「ああ、知りたい」

「知ってどうする」

「勝負を挑むつもりじゃ」

「勝負とは」

「無論、瓦投げよ」

「茶化しておるのか。それなら、こっちにも考えがあるぞ」

串部がぐっと腰を落とすと、十人の敵がさっと身構える。最初から暴れるつもりで近づいてきたのだろう。

仲裁に乗りだそうとする蔵人介の肩を摑み、志乃が後ろから声を掛けた。

「串部、さような輩を相手にするな。まいるぞ」

「えっ、はあ」

串部は戸惑いながらも、矛《ほこ》を収めざるを得ない。

志乃のことばにしたがい、矢背家の一行は天狗党に背を向けた。

「待て」

さきほどの男が呼びとめる。

わかっていたかのように、志乃が振り返った。

「待てとは、わたしに言うておるのか」

「そうじゃ。水戸の天狗党を蔑《ないがし》ろにするつもりなら、年寄りのおなごといえども容赦せぬぞ」

志乃は小さく溜息を吐き、串部のほうに向きなおる。

「あやつ、今何と申した」

「はっ、年寄りのおなごと申しました。さすがに、言ってはならぬことかと」

「どういたせばよい」

「はて」

串部は首をかしげながらも、道端に落ちていた桜の枝を拾ってくる。

「大奥さま、かようなものが落ちておりました」

志乃は枝を受けとり、くるりと頭上で旋回させる。

「ふむ、わるくない」

薙刀《なぎなた》のかわりにする気なのだ。

蔵人介は我慢ならず、余計な口を挟む。

「養母上《ははうえ》、おやめくだされ」

「黙らっしゃい」

間髪《かんはつ》を容《い》れずに一喝《いっかつ》し、志乃はすたすた離れていく。

図体の大きな侍に対峙し、よく通る声で言いはなった。

「そこの唐変木《とうへんぼく》、名乗るがよい」

「おいおい、わしは玄武館で十指に入る剣客ぞ」

「玄武館と申せば、千葉周作か。師匠に恥を掻かせたくなければ、今のうちに尻尾《しっぽ》を巻いて去るがよい」

「何だと」

「去る者は追わぬゆえ、安心せよ」

「ぬうっ」

玄武館の剣客らしき月代侍が、品の良い武家の奥方に言いくるめられている。

おもしろそうな見世物なので、大勢の花見客が遠巻きにしはじめた。

蔵人介たちも仕方なく、様子眺めを決めこむ。

どうせ志乃に拒まれるので、加勢する気はない。

天狗党の連中にとっては、それが不思議でたまらぬようだった。

ともあれ、相手は引くに引けなくなった。

「わしの名は古川半之丞《ふるかわはんのじょう》、年寄りのおなご相手に刀を抜くわけにもいかぬ」

「遠慮いたすな。容赦せぬと申したではないか」

「とはいえな」

「おぬしは負ける。気を失ったついでに面目《めんもく》も失い、家中の笑いものになろう。玄武館も破門されるであろうから、覚悟を決めておいたほうがよいぞ」

「小癪《こしゃく》な婆《ばば》ぁめ。助けてやろうとおもうたに、そこまで虚仮《こけ》にされたら許すわけにはまいらぬ。ずんばらりんと斬ってくりょう」

古川は何と、刀を抜いた。

周囲から、どよめきが起こる。

「ふはは、その意気じゃ」

志乃は嬉々《きき》として発し、桜の枝を青眼《せいがん》に構えなおす。

そして、滑るように間合いを詰め、枝先でつんと相手の喉を突いた。

いや、そうではない。突くとみせかけ、真下から猛然と払いあげた。

「せい……っ」

鋭い気合いがほとばしり、払いの一撃が見事に顎を捉える。

「ぬぐっ」

古川は白目を剝き、仰向けにひっくり返った。

あまりの鮮やかさに、後ろの仲間は声を失っている。

「さて、つぎは誰じゃ」

志乃が凜然《りんぜん》と発するや、天狗党の連中はすごすごと逃れていった。

見物の人垣から喝采《かっさい》が沸きおこり、志乃は得意げな顔で戻ってくる。

「よっ、千両役者」

お調子者の串部が呼びかけるや、杢太郎が腹を抱えて笑う。

卯三郎も幸恵も、香保里でさえもが笑いを抑えきれない。

ただひとり、蔵人介だけが仏頂面《ぶっちょうづら》をくずさなかった。

侍相手に恥を搔かせたら、何らかの見返りを覚悟せねばならぬ。そのことをよくわかっているからだ。

二

武家伝奏の徳大寺実堅は、志乃宛てに「偽薬のことはよしなに」という文を寄こし、さっさと江戸を離れていった。

志乃に「早く始末を」と促されても、悪の根元を絶たねばどうしようもない。騙り坊主の道伯と対峙し、捨《ステファン》飯《つなぎ》ともども引導を渡すのだ。

翌日、薬師の角野薫徳から連絡があった。

出島屋六右衛門に呼びだされたという。

小石川の切支丹屋敷跡を訪ねてから、六日が経過していた。道伯に会えるかもしれぬゆえ、弟子に化けていっしょに来てほしいと頼まれ、蔵人介はさっそく損料《そんりょう》屋《や》から茶筅髷の鬘《かつら》と着る物を調達した。

夕刻、しょぼくれた調合師を装い、薫徳に呼ばれたさきへ向かったのである。

やってきたのは神田の鎌倉河岸、何のことはない、いけしゃあしゃあと偽薬売りを再開させた出島屋の店先だった。どういう裏技を使ったのか、出島屋は水戸藩の御用達になり、真新しい薬種問屋の屋根看板まで掲げている。

「呆《あき》れたやつだな」

苦笑したところへ、薫徳が近づいてくる。

「お呼びたてして、えろうすんまへん」

「頼んだのはこっちだ。謝ることはない」

「ふふ、御旗本のお殿さまにはみえまへんな。そこまで上手に化けはったら、出島屋も気づかんはずや」

「だとよいがな」

ふたりでさっそく敷居をまたぐと、帳場格子に座った主人の六右衛門から執拗に睨みつけられた。

「薫徳、そやつは何者だ」

「弟子でおます」

「名は」

「薫之介《くんのすけ》と言いますのや。以後、お見知りおきを」

どうにか気づかれずに済み、長い廊下を渡って離室《はなれ》へ導かれた。

残念ながら、道伯らしき人影はない。

上座で待ちかまえていたのは、小狡そうな月代侍であった。

見知った顔だ。名はたしか柳葉軍兵衛、水戸屋敷へ海保帆平を送りとどけた際、高飛車《たかびしゃ》な態度であれこれ尋ねてきた横目付にちがいない。斉昭の藩政に不満を抱く付家老の血縁でもある。

ひょっとして、この男が道伯や出島屋の後ろ盾なのだろうか。

いや、そうではなかろう。後ろ盾にしては、ちと貫目が足りない。おそらく、この男も上との連絡役なのだ。いったい、上とは誰なのか。などと、あれこれ臆測しながら、蔵人介は薫徳の背後に座って平伏した。

柳葉が早口で喋りだす。

「よく効くという噂が広まれば、木天蓼《またたび》とごぎょうを混ぜた偽薬であっても飛ぶように売れる。道伯の申すとおりであったわ。わしが手に入れた武家伝奏の御墨付きも役に立ったがな。何と言っても止《とど》めを刺したのは捨飯よ。あの化け物が町入能で派手に暴れてくれたおかげで、偽薬が飛ぶように売れた」

すかさず、六右衛門が応じる。

「あれだけは予想外の出来事にござりました。まさか、千代田の御城で斉昭公の御命を狙わせるとは」

「それが道伯の危うさよ。あやつめ、上手に手綱《たづな》を引かねば、暴走しかねぬ」

「柳葉さまにしかできぬ御役目かと」

「いかにもな」

水戸家の横目付と阿漕《あこぎ》な商人は、誰かに聞かれてはまずいようなはなしをしている。

「それにしても、偽薬でこれほど金儲けができようとはな」

「手前の申したとおりにござりましょう」

「おぬしはたいした悪党じゃ」

「柳葉さまには常からお目を掛けていただき、感謝してもしきれませぬ。しかも、御重臣の方々へのご推挽《すいばん》により、御用達にまでしていただきました。ご献上申しあげた金品は、ほんの御礼代わりにござります。この出島屋六右衛門、これからも粉《ふん》骨砕身《こっさいしん》、金儲けに邁進《まいしん》いたす所存でおります」

「正直なやつめ、期待しておるぞ。何せ、おぬしには新たな偽薬を大量にさばいてもらわねばならぬゆえな」

「お任せを。町奉行所の不浄役人どもを、掌のうえで遊ばせております。ちょいと鼻薬を嗅がせてやれば、何でもかんでもやりたい放題」

「そう言えば、おぬしに縄を打たせた旗本はどうした。名は何と申したか」

「矢背蔵人介。調べてみますと、将軍家の御毒味役でござりました」

「鬼役か」

「今は役を退き、文字どおり、隠居も同然の役立たずにござります」

「あれから、ねじこんではこぬのか」

「鳴りを潜めております」

「なればよい」

そばで聞いているのも妙な気分だが、不思議と腹は立たない。いずれ近いうちに、束に纏めて懲らしめてやればよかろう。

「いざとなれば、町奉行の鳥居さまを動かせばよいだけのこと。あのお方も今は落ち目ゆえ、百両ほども積めば、こちらの願いを聞きいれていただけましょう」

「ふふ、その意気じゃ。されど、木天蓼とごぎょうでは、さすがに長つづきせぬ。道伯も申しておったとおり、世間を誑《たぶら》かすには本物の奇瑞人黄丸《きずいじんおうがん》にかぎりなく近い偽物がどうしてもほしい。出島屋、その薬師、腕は確かなのだろうな」

「それはもう、薬の調合にかけては右に出る者がおりませぬ。薫徳のつくる薬は正真正銘の本物にござります」

「効能を偽れば、本物も偽物になる。不老長寿と喧伝する以上、この世に本物の薬などありはせぬ」

「なるほど、とは申せ、鼻糞を丸めて売るわけにもまいりませぬ。はっきりとした効き目があってこその偽薬にござります。新たな薬のために、道伯さまは高価な木乃伊まで調達いたしました」

「その木乃伊、伴天連と切支丹のおなごのあいだに生まれた赤子か」

「百年以上前の木乃伊にございます。最低でもそれほどの年月が経たねば、効能は期待できぬとか」

「ふうん、そうしたものか」

柳葉はうなずき、重々しく言いはなつ。

「ところで出島屋、金儲けもさることながら、わしらにはやらねばならぬことがある。薫徳なる者、毒にも詳しいのだろうな」

「もちろんにござります。そのために呼びつけた次第。のう、薫徳」

唐突にはなしを振られ、薫徳はきょとんとした顔になる。

「毒のはなしなんぞ、伺ってまへんけど」

すっとぼけてみせると、柳葉が眸子を三角にした。

「何じゃと」

すかさず、出島屋が口を挟む。

「薫徳、おもしろい毒の種を手に入れたと申しておったではないか」

「馬珍子《マチン》でっしゃろか」

「おう、それだ。この国では、滅多にお目にかかれぬ代物だ。毒としては申し分ないが、尋常ではない苦さらしいな。丸薬に練りこむには、工夫が必要であろう」

「苦味を消すには、蜜を使うしかありまへん」

「蜜か。木乃伊といっしょだな」

柳葉が居丈高《いたけだか》に問うてきた。

「できあがりまで、どれほどかかる」

「偽薬は十日ほどで、できまっしゃろか」

「五日にせよ」

「夜なべせなあきまへん」

「そのぶんの手当ては払う。毒のほうはどうじゃ」

「お請けするとは言うてまへんけど」

「わしらのはなしを聞いておったであろう」

「ええ、まあ」

「ならば、否とは言わせぬ」

柳葉は立ちあがり、脇に置いた刀を拾いあげた。

こちらに大股で近づき、いきなり刀を抜きはなつ。

「ひぇっ」

鈍い光を放つ白刃の切っ先が、薫徳の鼻先に突きだされていた。

「否と申せば、首を抱いて帰ることになろう。それでもよいのか」

「……ご、ご勘弁を」

薫徳が潰《つぶ》れ蛙《がえる》になると、柳葉は後ろの蔵人介にも白刃の切っ先を向けてくる。

本来ならば、この場で斬り捨ててもよいところだが、頭を抱えて震えるふりをしてやった。

「おぬしら、裏切ったら首を失うぞ」

柳葉は満足げに吐きすて、上座へ戻っていく。

どうやら、用件は伝え終えたらしい。

蔵人介は肝心のことを聞かねばならぬとおもった。

その気持ちが伝わったのか、薫徳のほうが重い口を開く。

「道伯さまには、お会いできまへんやろうか。木乃伊のことで伺いたいことがありまして」

「致し方あるまい。出島屋、会わせてやれ」

「へえ、さっそく連絡《つなぎ》を取ってみましょう。でも、気まぐれなお方ゆえ」

「急ぐはなしやおまへん。三ツ俣で釣り糸でも垂れながら、お待ちしとりますわ」

「莫迦者、釣りなどしておる暇はなかろうが」

柳葉に叱責《しっせき》され、薫徳は亀のように首を縮める。

いつになるかはわからぬが、さほど待つことはあるまい。

初めて会ったときが、道伯にとっては年貢の納め時になろう。

おぬしのほうこそ、首を失っておるかもしれぬぞと、蔵人介は胸の裡につぶやいた。

三

部屋坊主の宗竹によれば、水戸家当主の斉昭は城内で老中首座の土井大炊頭に恥を掻かせたという。

「斉昭公は松之御廊下で大炊頭さまと擦れちがいざま、よく通る声で仰せになったそうです。『顕微鏡とやらを覗く暇があるなら、湊《みなと》に砲台を築いて大砲を並べよ』と」

大炊頭は顕微鏡で観察した雪の結晶を大著に纏め、雪の結晶を「大炊紋様」と名付けて裃の柄にも使用していた。ひとまわり近く年下の斉昭から横柄な態度で強意見され、さすがに温厚で知られる老中も顔面を朱に染めたらしい。

ところが、蛇に睨まれた蛙も同然、言い返すことはできなかった。口惜しさを胸中に仕舞いこみ、御廊下から逃れるように立ち去ったという。

水野越前守が幕政の檜《ひのき》舞台から追放されて半年、大炊頭は幕臣の借金を棒引きにする棄捐令《きえんれい》を発して札差《ふださし》仲間を混乱に陥れたこと以外に、これといって何もやっていない。通商を求める外国船が頻繁に渡海してくるなか、傍《はた》から眺めれば打つべき施策も打たずに迷走しているように映るのだろう。才に長《た》けた斉昭は大炊頭の無能さを嘆き、居たたまれない気持ちから暴言を吐いた。

もちろん、言われたほうの気持ちはおさまらない。何しろ、幕閣を束ねる老中首座なのである。たとえ相手が天下の副将軍といえども、城中で恥を掻かされた借りはきっちり返さねばなるまい。

老中の御用部屋では斉昭をどう処断するかの密談がなされたようだと、宗竹は声をひそめる。それを証拠に、奥右筆《おくゆうひつ》の手になる草稿の写しまでみせられた。

――家政向き近来追い追い御気随の趣相聞こえ、かつ御驕慢《きょうまん》に募らせられ。

といった辛辣《しんらつ》な言いまわしで草稿ははじまり、鹿狩りと称して頻繁に戦さ稽古をおこなっていることや、寺の撞鐘《つきがね》を溶かして大砲を鋳造したり、寺そのものを廃して僧たちを還俗《げんぞく》させるといった行状の数々が列記され、諸侯の模範たるべき御三家の当主であるにもかかわらず、勝手気儘《きまま》な振るまいが目に余るとつづく。もはや、公方家慶に諮《はか》って厳しい沙汰を下す素地ができあがったとみるしかなかろう。

弥生十五日は梅若忌《うめわかき》、毎年、向島《むこうじま》の木母寺では盛大な念仏《ねんぶつ》法要が営まれる。梅若という公家の童子が京で人買いに攫《さら》われて奥州《おうしゅう》へ下る途中、隅田堤《すだづつみ》で非業《ひごう》の死を遂げた。我が子の死を知っておかしくなってしまった母御前の悲劇が神仏の涙を誘い、この日には毎年かならず雨が降るという。

たしかに、朝から毛のような雨が降りつづいたが、下城の刻限には止んでいた。

蔵人介は城を離れても家に帰らず、強い向かい風に吹かれながら柳橋《やなぎ》まで歩いた。

栈橋で猪牙舟《ちょきぶね》を仕立て、船上から蔵前《くらまえ》の突堤に目を向ければ、左手前方に首尾《しゅび》ノ松《まつ》がみえてくる。

吾妻橋《あずま》を潜ってぐんぐん遡上すると、対岸に桜吹雪《ふぶき》の舞う墨堤が遠望できた。

三囲稲荷の門前に近いあたりだろう。

竹屋《たけや》ノ渡《わたし》で結ばれた此岸《しがん》には、山谷《さんや》堀の入口がある。遊客を運ぶ猪牙舟の終着点だ。

今戸《いまど》橋の桟橋で陸にあがると、四《よ》つ手《で》駕籠《かご》の駕籠かきたちが我先に声を掛けてくる。

日本堤の向こうからは、土手を渡る風に乗って清掻《すが》きの音色も聞こえてきた。

だが、蔵人介は吉原へ遊びにきたわけではない。暮れなずむ待乳山《まつちやま》の小高い丘を後ろにおきつつ、山谷堀の右岸にある『花扇《かせん》』という料理茶屋へ向かった。

いつも呼ばれて仕方なく足を運び、そのたびに難題をつきつけられる。料理も酒も一級品であることはわかっているが、楽しむ余裕などなかった。それでもわざわざやってくるのは、誘いを無下《むげ》に断ることができない相手だからだ。

表口で出迎えてくれたのは、芯の強そうなおなごである。

「矢背の旦那、お久しゅうございます」

名はおたま、巾着切《きんちゃくきり》の親分に育てられ、みずからも江戸で一番の巾着切になった。町奉行の懐中を狙って捕まり、改心してからは間者《かんじゃ》となって探索御用に携わったものの、今は三味線を掻き鳴らす白芸者をやりながら賄《まかな》いを手伝っていた。

おたまは妖しげに微笑んでみせる。

「お待ちかねですよ」

さっそく導かれた離室《はなれ》では、町人髷の先客が待っていた。

「よう、炭置部屋の居心地はどうでえ。へへ、しけたその面をみれば、聞くまでもねえか。蜷局《とぐろ》を巻いた蛇が鬼に変わる絵面を期待したが、どうやら、期待外れのようだな。どうせ、暇を持てあましてんだろう」

「金四郎《きんしろう》さま、最初《はな》から皮肉は言いっこなしですよ」

おたまに酌をされて嬉しがる鯔背《いなせ》な男、大目付の遠山左衛門尉景元であった。

隠れ家の『花扇』へ来るときが唯一の息抜きらしく、遊冶郎《ゆうやろう》を気取っているので職禄三千石の御大身《ごたいしん》にはみえない。

「何はともあれ」

一献かたむけたところへ、いつもならば若い衆が膳を運んでくる。先回はすっぽんの鍋だった。金四郎がみずから釣ったすっぽんの甲羅を剝ぎ、二刻（四時間）も掛けてことこと煮込んだ逸品で、醬油と酒の風味がよく馴染《なじ》み、こくのある味を楽しませてもらった。

今宵は膳も出されず、出てきたのは毎度のように聞かされる金四郎の愚痴だ。

「それにつけても、鳥居耀蔵はいけ好かねえ野郎だぜ。土井さまに取り入って、いつまでも南町奉行にしがみついていやがる。あれだけ可愛がってもらった水野さまを平然と裏切りやがって。あの野郎だけは許せねえ」

金四郎が息巻いたところへ、おたまがひょいと顔を出す。

「お越しですよ」

ひとことだけ言い残し、すがたを消した。

金四郎は襟を正し、下座にかしこまる。

いったい、誰が来るというのか。

蔵人介も下座で身構えると、五十絡みの小太り侍が着流し姿であらわれた。

「あっ」

おもわず、驚きの声が漏れる。

何と、水野越前守忠邦そのひとであった。

昨年の閏長月《うるうながつき》、御役御免《おやくごめん》のうえで雁之間《かりのま》に差控《さしひかえ》となった。それでも、遠江国《とおとうみ》浜松《はままつ》藩七万石を領する大名にはかわりない。元鬼役風情が面と向かって口のきける相手ではなかった。

だが、蔵人介は忠邦と浅からぬ因縁がある。御役御免の際、みずからの意志で命を救ってやったのだ。

「遠山、ご苦労。矢背も息災《そくさい》にしておるか」

上座に落ちつくなり、忠邦は親しげに声を掛けてくる。

廊下のほうも賑やかになり、若い衆が豪華な膳を運んできた。

旬の主肴は桜色に染まった真鯛の雌だ。まずは洗いを薄口醬油と山葵《わさび》で、塩焼きは身をほぐして湯気の立ったところを逃さずに食べる。鮑《あわび》のわた和えや子持ち平鮒《ひらぶな》の甘露煮なども絶品だが、何と言っても食欲をそそられるのは、大ぶりの焼き蛤《はまぐり》であった。醬油を垂らし、ぷっくりした身を堪能しつつ、殻《から》に残った汁を啜る。その途端、潮の香りが口いっぱいに広がり、幸せな気分に浸ることができた。

「金四郎、わしはどうみえる。しょぼくれたか」

「いいえ、益々ご壮健《そうけん》にお見受けいたしまする」

「嘘でも嬉しいな。ふふ、隠居も同然の身になると、今までみえておらなんだものがみえてくる」

「と、仰せになりますと」

「幕府から人心の離れていくさまが、手に取るようにわかる。原因は大炊頭を筆頭とする老中たちの怠慢じゃ」

「いかにも。法令雨下《ほうれいうか》と評された頃が懐かしゅうござります」

「ふん、よう言うわ。株仲間《かぶなかま》に解散を命じたときも、芝居を禁じようとしたときも、おぬしはわしに楯突《たてつ》いたではないか」

「おかげさまで、市井《しせい》ではたいそうな人気者に。されど、北町奉行の任を解かれ、大目付への転身を申しつけられました」

金四郎はわざと、恨みがましい眸子《まなこ》でみつめる。

忠邦は笑いながら、そのときの裏事情を語った。

「鳥居の讒言《ざんげん》があってな。口さがない遠山だけは許せぬゆえ、早く一丁上がりにしてほしいと、せっつかれたのじゃ」

「されど、水野さまは子飼いであったはずの鳥居どのに裏切られた。鳥居どのは土井さまに過分な賄賂《まいない》の証しとなる品々を持ちこみ、水野さまを下野させるきっかけをつくった。さぞかし、お怨みのことでしょう」

「鳥居のことはどうでもよい。あやつは死んだも同然じゃ」

「へっ、さようで」

「大炊頭は長くもたぬ。大炊頭が転べば、鳥居なんぞに居場所はなくなる」

「されば、誰が鳥居どのの代わりに」

「おぬしが南町奉行になればよかろう。大目付は性に合わぬようだしな」

「されば、是非とも、水野さまに返り咲いていただかねばなりますまい」

ふふんと、忠邦は自嘲する。

「何かよほどのことでも起こらねば、返り咲きは難しかろうよ。わしは幕閣のお歴々からも市井の連中からも、とことん嫌われておるゆえな」

「よほどのこととは、たとえばどのような。まさか、御本丸が丸焼けになるとか、そうした惨事にござりましょうか」

「そのとおりじゃ。御本丸の再建には莫大な費用《ついえ》がかかる。大炊頭の才覚では金を集められまい」

「そこで、水野さまのご出馬と相成るわけでござりますな」

「待て。それ以上は言うな。まるで、わしが惨事をのぞんでおるようではないか」

「惨事が起こらぬとなれば、土井さまのつぎはどなたでしょう」

「阿部伊勢守であろうよ。あやつは若くて見栄《みば》えがよい。大奥の姉小路さまとも繋がっておる。ここだけのはなし、酒浸りの家慶公は欲深い姉小路さまの言いなりゆえ、幕閣の主立《おもだ》った連中は伊勢守を神輿《みこし》に担ごうとするはずじゃ。ただし、おひとりだけ、待ったを掛けそうな御仁がおられる。ご自分のご意志をしっかりとお持ちのお方じゃ」

「水戸の斉昭公でござりますな」

忠邦は蔵人介のほうに顔を向け、じっくりうなずいてみせた。

ひょっとすると、斉昭のことで今宵の宴席に呼ばれたのだろうか。

「松之御廊下で大炊頭に恥を掻かせたそうではないか」

「さすがの土井さまもお怒りが冷めやらず、御用部屋へお戻りになってから膝詰めで阿部さまたちと密談なされたとのこと」

「案ずるのは密談の中身じゃ。斉昭公が隠居でもさせられたら、日の本の損失ゆえな」

「容易《たやす》く事は運びますまい。今や、斉昭公を御すことができるのは、上様を除けば、水野さまだけにござります」

「あのお方とは馬が合う。老中部屋から退くときもそっと訪ねてこられ、兄のように慕っていると、餞《はなむけ》のことばをくだされた。不覚にも、わしは泣いてしもうた。辛いときに掛けていただいたことばには、千鈞《せんきん》の重みがある。わしはあらためて、このお方にこそ我が国の行く末を託したいとおもうたのじゃ」

忠邦は少し酔いがまわったのか、斉昭について滔々《とうとう》と喋りつづけた。

「三十の御年まで部屋住みのご身分で苦労なされただけのことはある。水戸家のご当主になられてからは、並々ならぬご熱意で数々の藩政改革を断行なされた。斉昭公は先見《せんけん》の明《めい》をお持ちなのじゃ」

たとえば、諸外国の進んだ火砲の国産化を呼びかけ、雄藩《ゆうはん》は挙《こぞ》って巨大な軍船を建造せねばならぬと、弁舌も爽やかに提言する。堂々たる雄姿と日の本の骨格となり得る指針は噂となって全国津々浦々におよび、諸般の情勢に明るい連中から絶大な支持を集めていた。

「斉昭公はな、誰よりも今の情勢を憂いておられる。大掛かりな戦さ稽古にしろ、撞鐘を潰して大砲を鋳造する指示にしろ、腰の定まらぬ幕閣の重臣どもに灸《きゅう》を据えるべくなさっていることじゃ。されど、御自らの信念を無理に通そうとすれば、方々に軋轢《あつれき》も生じてくる。当然のごとく、斉昭公には敵も多い」

そもそも、十五年前に水戸家を襲封《しゅうほう》する際、将軍家とひと悶着《もんちゃく》あった。藩財政が困窮《こんきゅう》の一途をたどっていたため、付家老や重臣たちは将軍家から養子を迎えて便宜《べんぎ》を受けようとしたのだ。先代の遺言がなければ、前将軍家斉の子を養子に迎えいれざるを得なかった尾張《おわり》や紀伊と同じ運命をたどっていたかもしれない。

「斉昭公は実力次第で中士や下士も登用なさる。そのため、改革を阻もうとする重臣や上士どものなかには、本気で斉昭公の排斥を目論む輩もおると聞く。町入能でも、化け物のごとき刺客に命を狙われたそうではないか。のう、金四郎」

「それがしの見立てでは、刺客の狙いは上様にあらず、斉昭公であったやにおもわれまする。黒幕は存外近くにおるのかも」

「刺客の前に立ちはだかったのは、鬼役であったと聞いたぞ」

「仰せのとおりにござります。鬼役の父子があの場におらねば、斉昭公は危うかったはず」

「やはり、そうであったか」

忠邦は一拍間を空け、蔵人介のほうに向きなおる。

「今宵、遠山に一席設けてもろうたのは、おぬしにひと肌脱いでほしいからじゃ。斉昭公をお守りしてくれ。無論、小姓のごとく、おそばに仕えるわけにはいかぬ。されど、まんがいち御命を狙う者がおったら、先回りして成敗してもらいたい。わしは命を救われ、おぬしの力量が肌でわかった。それゆえ、頼んでおる。おぬしが諾してくれさえすれば、どれだけ安心なことか」

漠《ばく》とした依頼にこたえられる自信はないが、斉昭の命を狙う者たちのことは知っている。その連中に引導を渡す口実ができたとおもえばよいのだろうか。

蔵人介は戸惑いつつも、平伏すしかなかった。

忠邦や金四郎が危うい坊主のことをどこまで知っているのか、宴席の場で聞きそびれてしまった。かつては宗門改も兼ねた大目付の金四郎には、赤子の木乃伊のことを聞いておけばよかったと後悔している。ただ、知らぬであろうことは容易に想像できた。怨念のわだかまる切支丹屋敷跡の石牢など、幕府にとっては忘れ去るべきものとして放置されていたにちがいない。

四

二日後の夕刻、蔵人介は卯三郎と串部をともない、九段《くだん》坂上の練兵館に足を向けた。

数日前、一家で花見に出掛けた墨堤で、水戸天狗党の連中と揉め事になった。相手側の何人かが練兵館に通う杢太郎の人相を知っており、果たし合いを申し入れたいと騒ぎだし、玄武館の師範代格でもある海保帆平を慌てさせた。海保は千葉周作に相談し、出稽古のかたちを借りて竹刀《しない》で決着をつけるように仕向けた。右の提案を練兵館館長の斎藤弥九郎も諾し、関わりのある蔵人介と卯三郎にも声が掛かったのである。

しかし思い起こせば、古川半之丞なる者を鮮やかな手並みで昏倒《こんとう》させたのは志乃で、杢太郎は何もしていない。言いがかりにもほどがあるし、本来なら取りあわずともよいはなしだが、道場まで巻きこんでしまったので申し訳なく、放っておくわけにもいかなくなった。

卯三郎などは元師範代として、みずから竹刀を握らねばならぬと力んでいる。一時は竜虎と評される練兵館の斎藤と玄武館の千葉が勝負するとの噂が立ち、道場の門前は黒山の人集《だか》りとなった。ところが、ただの出稽古だと知らされると、野次馬たちは落胆した様子で帰っていった。

余計な騒ぎを避けるべく、双方から選抜された六名の門弟以外は来館を許されず、館長の斎藤と千葉もすがたをみせなかった。ただし、行司役は斎藤の後見人でもある韮山《にらやま》代官の江川太郎左衛門《えがわたろうざえもん》が引きうけ、水戸家からも上士らしき人物が付き添いでやってきた。

江川は砲術の第一人者で、幕府に洋式兵学の導入をいち早く進言して注目を集めた。水野忠邦に気に入られ、江戸湾の防衛強化に関する視察にも副使として派遣された。そのときに正使だった鳥居耀蔵とは反目するようになったが、水野が幕政の表舞台から去ったあとも幕閣の重臣たちからは重用され、このたち勘定吟味役《かんじようぎんみやく》に抜擢されるだろうとの噂もある。

それほどの人物が行司を引きうけた背景には、事を大袈裟にしたくない両道場の思惑が隠されていた。玄武館は水戸家の家臣たちが門弟の主流を占め、千葉周作自身が同家から扶持《ふち》を頂戴している。

一方、練兵館の門弟にも水戸家の連中は大勢いるし、江川は斉昭を強力な後ろ盾と考えているため、斎藤としては大いに気を遣わねばならない。水戸の連中を怒らせたくないというのが、どうやら本音のようだった。

ともあれ、道場に出向いてみると、何度か挨拶を交わしたことのある江川がにこやかに近づいてきた。

「矢背どの、鬼役を卯三郎どのに譲られたとか。永のご奉公、ご苦労なことにございったな」

「過分なおことばを頂戴し、痛み入ります」

「ところで、水戸さまのご重臣が、三人ずつの申し合いののち、海保どのを戦わせたいと仰せでな。練兵館のほうでも力の拮抗《きっこう》する剣士を出さねばならぬ。卯三郎どのにお願いしたいのだが、よろしいかな」

断る雰囲気ではないので、蔵人介は卯三郎に受けさせるしかなかった。

みずからも一流派を究めた剣客として、音に聞こえた海保帆平と卯三郎の勝負はみてみたい気もする。もちろん、やる気満々の卯三郎は嬉しさを隠しきれない。

「久方ぶりに腕が鳴ります」

「杉箸ではなしに、たまには竹刀を持つのもよかろう」

水戸家の者たちはすでに到着しており、道場の一角に集まっている。

海保のほかにおぼえている顔は、古川半之丞と名乗った大柄な男だけだ。光沢のある絹地の着物を纏った固太りの人物が、江川の言った「重臣」であろう。偉そうな態度で、従者らしき相手に何やら指図を与えている。

江川が身を寄せ、そっと囁いてきた。

「あちらは御目付の小山内刑部《おさないぎょうぶ》さま。ここだけのはなし、常陸の由緒ある御家のお生まれで、ご家禄は八百石におよぶそうだが、斉昭公からの信頼が厚く、天狗党の中下士たちにも頼られておるとか」

水戸家のなかでふたつに割れた改革派と守旧派とのあいだを繋ぐ貴重な橋渡し役らしい。天狗党の若い連中が弾けぬように重石《おもし》の役割を買ってでたのだろうと、江川は説いた。

その小山内が海保を従《つ》れてあらわれ、意外な台詞を吐いた。

「江川どの、そちらが矢背蔵人介どののじゃな」

「いかにも。先日まで上様のお毒味役を務めておられました」

「存じておる。千代田城の白書院広縁《しろひろえん》にて御前試合を拝見したことがあってな。寸止めの申し合いで、矢背どのは新陰流《しんかげ》や一刀流《いっとう》の猛者《もさ》たちを寄せつけず、見事に頂点の座を射止めた。一介の鬼役が名実ともに幕臣随一の剣客になった。あのときの驚きは昨日のことのようにおぼえておる」

「さようでござりましたか」

感心する江川に笑いかけ、小山内はこちらに顔を向けた。

「それと、この場をお借りして、矢背どのに御礼を申したいのだが」

「御礼にござりますか」

「町入能の際、斉昭公の盾になって刺客を阻んでくれたであろう。わしもあの場におって、矢背どの父子のはたらきを目に留めておったのじゃ。あらためて御礼を申さねばと、かように考えていた次第でな。しかも、これに控える海保帆平の命も救ってもらった。その折、配下の横目付が無礼をはたらいたとか。そちらについても、この場を借りて陳謝したい」

小山内が丁寧にお辞儀をするので、さすがの蔵人介も慌ててしまう。

陪臣《ばいしん》とは申せ、相手は御三家の重臣、禄高も遥かに高い相手に頭を下げられたら、恐縮するしかない。出島屋で目にした柳葉軍兵衛が「配下の横目付」であることは気になったものの、外見や態度だけをみれば好人物のように見受けられた。

小山内は顔をあげ、爽やかに微笑む。

「されば、江川どの、堅苦しい挨拶はこのくらいにして、あとは若い連中の申し合いを楽しむこととしようではないか」

「かしこまりました」

道場の板壁には、斎藤の唱える神道無念流《しんとうむねん》の道場訓が大きく貼りだされている。

——兵は凶器といえば、その身一生持ちうることなきは大幸というべし。これを用うるは止むことを得ざるときなり。わたくしの意趣遺恨《いしゅいこん》等に決して用うるべからず。これ、すなわち暴なり。

門弟たちは稽古のまえに、かならず道場訓を読みあげねばならない。

李太郎以下三名の門弟たちは、あらんかぎりの声を張りあげた。

対する古川たち門弟三名は冷笑しながら、聞き耳を立てている。

両者は左右に分かれ、付き添いの者たちも各々の背後に控えた。

相手方の控えには小山内と従者一名、それと海保がおり、こちらには蔵人介と卯三郎と串部が座した。

行司役の江川だけがまんなかに位置取り、勝負の判定をおこなう。

防具をつけて打ちあう一本勝負の勝ちぬき戦で、戦った六人のうち最後にひとり残った側の勝ちとする。世間では「力の斎藤と技の千葉」などと評されているが、力量の優劣はつけ難い。肝心の斎藤と千葉は板の間で相見《あいまみ》えぬことを暗黙の了解としており、非公式とはいえ門弟同士で勝負をつけること自体が稀であった。

斎藤と千葉が許しを与えたのは、やはり、両道場を金銭面でも支える水戸家の威光がはたらいたのであろう。

支度が整い、双方の先鋒が中央に進みでてきた。

「いざ、はじめい」

江川の合図で、両者から凄まじい気合いがほとばしる。

顔は面の裏に隠れていても、眼光の鋭さと五体に漲《みなぎ》る気力は隠しおおせるものではない。

予想したとおり、力と技の応酬となった。

――それ剣は突撃の外無し。

斎藤弥九郎の薫陶《くんとう》を受けた練兵館の門弟たちは、日頃から一撃で相手の「真《しん》を打つ」稽古を積んでいる。軽く打ったり受けながす技は「卑怯《ひきよう》なり」と断じられ、強烈な一打を体得することが何よりも優先された。

一方、千葉周作に指導された門弟たちは、力任せに打ってくる相手を受けながす技に長けている。たとえば、竹刀の先端を鶺鴒《せきれい》の尾のように揺らして迫り、小手先《こてさき》を小当たりに打ちつつ、惑わすようなまねをした。

力量に格段の差がない場合、技は力に勝る。

蔵人介の読みどおり、先鋒同士の勝負は相手側に軍配があがった。

さらに、中堅も相手側の先鋒に敗れ、いよいよ三人目として李太郎が登場する。

以前はひ弱にみえたが、からだつきが逞《たくま》しくなってきた。卯三郎によれば、剣術のほうも格段に上達しているらしく、それが自分でもわかっているせいか、ひとつひとつの所作が自信に満ちあふれている。

李太郎は立礼が終わるなり、面、面、面と一直線に駆けぬけ、疲れていた相手側の先鋒を一蹴《いっしゅう》し、中堅も気合いで乗りきった。

相手側の三人目は、大兵の古川半之丞である。

李太郎は二人抜きを果たし、肩で息をしていた。

これは負ける。

蔵人介はかたわらに座す卯三郎とも顔を見合わせた。

ふたりが予想したとおり、杢太郎は出会い頭の一撃で粉砕された。

「ぬぐっ」

先手を取って面を打ちこもうとした間隙《かんげき》を狙われ、喉元一点狙いの利生《りしよう》突きでやられたのだ。

「勝負あり、玄武館方」

江川の掛け声が虚しく響いた。

杢太郎は昏倒し、ほかの門弟に介抱されねばならなかった。

相手側は手を叩いて喜んだが、古川は防具を脱ぐや、横柄な態度で大口を叩く。

「物足りませぬ。小山内さま、あちらに座る矢背卯三郎どのは練兵館の元師範代、それがしに面籠手《こて》無しで勝負させていただけませぬか」

「いかがであろうか」

と、小山内もその気で誘いかけてくる。

挑まれて断るのは武士の名折れ、卯三郎は敢然と立ちあがり、可愛い義弟の仇を討つべく竹刀を取ったのである。

俊敏神のごとしと評される斎藤弥九郎は、接近戦に無類の力を発揮した。

神道無念流は狙った獲物に真っ向から突進する気攻めを重視するが、直線の動きは得てして胴の守りに弱さを晒《さら》す。斎藤の迅《はや》さは胴の弱点をおぎなって余りあり、対決する相手は颶風《ぐふう》となって肉薄する斎藤に為す術を持たなかった。

師に比肩《ひけん》する俊敏さをそなえた者でなければ、練兵館で免状は与えられない。

卯三郎が十人抜きの試練を経て与えられた免状は、生半可《なまはんか》な鍛錬で手にできるものではなかった。

五

気楽に立ち合いを望んだ時点から、古川には甘さがあったというべきだろう。

しかも、防具を着けぬと豪語したのは、どう考えてもあやまりであった。

卯三郎得意の形は、竹刀を大上段に構えた無上剣《むじようけん》からの竜尾《りゆうび》返しである。

まずは、両肘を伸ばして竹刀を高々と抱え、面や胴に隙をつくって相手を誘う。

そして、相手が突くか打ちおろしにきた瞬間、棟《むね》のほうで相手の竹刀を跳ねあげ、頭上でみずからの竹刀を左右に旋回させつつ、勢いのままに打ちおろすのである。

——ばしゃっ。

真剣ならば瞬殺の一撃が決まり、古川は足許に倒れて蟹のように泡を吹いた。

あまりにも呆気ない幕切れに、道場がしんと静まりかえるなか、気配もなく中央へ進んでくる者があった。

海保帆平である。

水戸に過ぎたる者のひとつに数えられる剣術の天才が、いつの間にか、右手に竹刀を提《さ》げている。

「一手ご指南願います」

落ちついた口調だが、拒むことを許さぬ念が込められていた。

「のぞむところ」

卯三郎も力強く応じてみせる。

海保は色白でおなごのように優しい面立《おもだ》ちをしていた。が、五体に漲《みなぎ》る殺気は尋常なものではない。

蔵人介は身を乗りだした。

武芸者本然の熱い血が騒ぎはじめたのだろう。

かたわらの串部もことばを忘れ、固唾《かたず》を呑んで見守っている。

卯三郎の後見人を自任するせいか、本人以上に緊張していた。
おそらく、若手のなかでは江戸で一、二を争うふたりの勝負であった。
江川も唇を引きしめ、あらためて行司役として襟を正す。
「されば、双方、前へ出ませい」
ふたりは促されて立礼を交わし、すっと相青眼《あいせいがん》に構えた。
穏やかな夕陽が、道場の床にふたつの人影を長々と映しだす。
若い剣士たちが対峙するすがたは美しい。
蔵人介は眸子《まなこ》を細めた。
「まいる」
さっそく仕掛けたのは、海保のほうだ。
鶺鴒攻めで迫り、ふいに先端を持ちあげる。
――ばしっ。
海保は真っ向上段から、峻烈《しゅんれつ》な一撃を打ちおろした。
卯三郎は仰《の》け反《ぞ》りながらも、どうにか弾いてみせる。
蔵人介は眺めているだけなのに、掌に痺れを感じた。
みずからが戦っているような感覚に陥《おちい》ったのだろう。

両者はぱっと離れ、ふたたび、相青眼に構えなおす。

意外な展開だった。技に頼るとおもわれた海保が、気攻めで先手を取りにいったのである。迷いが生じたぶん、卯三郎は不利な立場に置かれた。一刻も早く精神をたてなおさねば、相手の勢いに呑まれてしまいかねない。

「まいる」

案の定、海保は休む暇を与えてくれない。

つつっと身を寄せるや、今度は上ではなく、下を狙ってきた。

踏みだした足の臑を打つ浮き足崩し、串部の使う柳剛流にもある技だ。

さらに、喉元を狙った利生突きから小手打ちに転じ、懐中深く踏みこんで二段突きを見舞う。

卯三郎は防戦一方を余儀なくされたが、持ち前の俊敏さでどうにか躱《かわ》しつづけた。

もちろん、受けているだけでは勝利がみえない。

「ぬりゃ……っ」

気合いを発し、相討ち覚悟で突いてでた。

免状を持つ者にしか繰りだせぬ懸中待《けんちゅうたい》なる技だが、これを海保は難なく横払いに払ってしまう。

軸がまったくぶれない。

卯三郎より小柄だが、床に根が生えたかのようだ。

もとより、北辰《ほくしん》一刀流の北辰とは北極星のことである。夜空の中心にあって動かぬ北辰とは、おのれ自身にほかならぬ。剣理にも「打てども突けども、俄然不動」とあり、海保帆平は文字どおり、流派の真髄を体現できる出色《しゅっしょく》の剣士にほかならなかった。

「噂どおりにござりますな」

と、串部が漏らす。

卯三郎も負けてはいない。

流派の面目が双肩にかかっている。

「いやっ」

気攻めに転じ、先手を取った。

低い姿勢から、胸を狙って突いてでる。

——それ剣は突撃の外無し。

突如、斎藤弥九郎が憑依《ひょうい》したかのようだ。

海保は仰け反った。

胸先一寸で躱しつつ、相手を懐中へ誘いこむ。

卯三郎は構わず、先端を頭上に振りあげた。

無上の構えから、勢いのままに打ちおろす。

——ばしっ。

木っ端《こっぱ》が飛んだ。

海保は十文字に受け、鍔迫り合いに持ちこむとみせかけ、柄《つか》砕きを繰りだす。

「なんの」

卯三郎は反転しながら躱し、側頭狙いの片手打ちを繰りだした。

これを海保が弾き、逆袈裟から胴打ちを狙う。

矢継ぎ早に繰りだされる技の応酬に、目がついていかない。

ふたりは左右に分かれ、ふたたび、青眼の構えを取った。

海保は竹刀の握り手を前に出し、臍下丹田《せいかたんでん》にぐっと力を入れる。

一方の卯三郎も打ちこむ勢いをつけるべく、握りをわざと甘くした。

両者ともに、葉の端について落ちそうな露玉のごとく、気勢が充実しているようにみえる。

これこそ、流派を背負って立つ者同士の勝負であろう。

睨みあった恰好で時は過ぎ、周囲は薄暗くなってきた。

緊迫さに耐えきれなくなったのは、行司役の江川である。

「待て、そこまで。両者、痛み分けにいたそう」

そのことばを待っていたのか、小山内も即座に同意した。

卯三郎と海保は詰めていた息を吐き、立礼《りつれい》をして離れる。

さっそく、小山内が下士たちを引きつれて近づいてきた。

「いや、すばらしいものをみせてもらった。かたじけない」

江川にも礼を述べ、暮れなずむ道場をあとにする。

去りゆく一行の背中を見送り、串部が吐きすてた。

「これで遺恨もあるまい。若殿、ご苦労さまにござりました」

卯三郎は興奮が醒《さ》めやらず、まともに応じることもできない。

江川がこちらに顔を向けた。

「かの小山内さま、北辰一刀流の源流とも言うべき中西《なかにし》派一刀流の免状をお持ちでな、海保帆平に勝るとも劣らぬ剣客なのだとか」

「まことにござりますか」

「じつは、秘かに頼まれておった。機会があれば、矢背蔵人介と一手交えたいと仰せでな。日がもう少し長ければ、できたかもしれぬ。もちろん、おぬしが諾すればのはなしだ。わしも観てみたかった。行司としてさばく力は残っておらなんだがな」

意外なはなしに、蔵人介は驚かされた。

道場の板の間で一手交えるのは吝《やぶさ》かではない。

だが、戦わねばならぬ明確な理由を聞いておきたかった。

「穿《うが》った見方かもしれぬが、そのために仕組んだ申し合いだったのかもしれぬ」

江川は冗談半分に言ったつもりだろうが、あながち外れてはおらぬのかもしれない。

ともあれ、卯三郎はよくやってくれたし、道場の面目もどうにか失わずに済んだ。

小山内に抱いた妙な気持ちが杞憂《きゆう》であってほしいと、蔵人介は胸中に強く願った。

六

歩き巫女の予言どおり、番町の桜は咲かなかった。

四宿《ししゅく》では一年ほど前から、妊婦の拐《かどわ》かしが横行しているという。

赤子の木乃伊との関わりは判然とせぬが、おぞましい出来事の兆しを感じざるを得ない。

練兵館での申し合いから三日後、薫徳が偽薬を仕上げる期限となった。

横目付の柳葉軍兵衛は、道伯に会わせてやれと出島屋六右衛門に言ったが、約束は果たされておらず、薫徳にはできるだけ期限を延ばすようにと伝えておいた。

夜の帷《とばり》が下りたころ、薬種問屋が集まる日本橋本町《ほんちょう》三丁目の一帯で打ち毀《こわ》しが起こった。茶枳尼天の明呪を唱える邪教の一団が鍬《くわ》などを携え、大路に沿って軒を並べる薬種問屋を片っ端から襲っているという。

暴徒の数が多いので、町奉行所の捕り方ばかりか、火盗改《かとうあらため》も駆りだされて取締りに当たった。火盗改の役人は切捨御免を認められているため、刃向かってくる者は斬って捨てられる運命にある。

一帯は修羅場と化した。打ち毀しに参じたのは浪人や百姓たちで、いずれも目つきが尋常ではない。魔に憑依されたかのごとく、斬っても斬っても襲いかかってくる。戦国の世にあって為政者《いせいしゃ》に刃向かった一向宗《いっこうしゅう》門徒や、殉教を幸福と考えた切支丹のごとく、捕り方に恐怖を植えつけた。

騒ぎは半刻もせぬうちに収まり、暴徒らは潮が引くようにいなくなった。残されたのは半壊した家屋と血腥い惨状であった。何故に薬種問屋が襲われたのか、はっきりとした理由はわからない。襲われた側にしてみれば、悪夢としか言いようのない出来事であった。

蔵人介はひとり、嵐が去ったばかりの大路周辺を歩きまわっている。

一報を耳にするや、胸騒ぎを感じ、御納戸町から急いでやってきた。

薬種問屋の集まる本町三丁目から、薫徳の住む浜町河岸は近い。

何かあればどのような手を使ってでも一報せよと告げておいたが、しんと静まりかえっていることが、かえって不安を募らせる。

難波町の一角を小走りに駆けぬけ、袋小路に踏みこんだ。

看板も掲げておらぬ店が打ち毀しに遭うはずはない。

だが、蔵人介は薫徳の身を案じた。

袋小路の暗がりに、邪気を纏った何者かが蹲《うずくま》っているのではないか。

打ち毀しに参じた暴徒らの背後に、騙り坊主の影をみていたのだ。

「道伯め」

かならず潜んでいると、直感が囁いている。

引導を渡すつもりだが、案じられるのは薫徳の安否だった。

「死んではおるまいな」

蔵人介は吐きすて、敷居の手前で立ち止まる。

板戸は開けてあり、敷居をまたいで黴《かび》臭い店の奥へ進んでいった。

暗さに目が慣れてくると、手探りにならずとも店内の様子はわかった。

「薫徳、そこにおるのか」

なかばあきらめつつも、声を掛けずにはいられない。

「むふふ、おるはずがなかろう」

嗄《しやが》れた声が響き、ぽっと灯明《とうみよう》が灯《とも》った。

揺れる炎の向こうに、有髪の僧が座っている。

鋭い眼光は、ひとつだけだ。

「道伯か、やはり、おったな」

蔵人介は身構え、刀の柄に手を添えた。

「矢背蔵人介。おぬし、幕臣随一の剣客らしいな」

「わしのことが、どうしてわかった」

「みたのよ、心眼でな」

道伯は膝元に置いた硝子の筒を持ちあげてみせる。

筒のなかには、黄色みがかった目玉が浮かんでいた。

「世迷い言もいい加減にしろ。薫徳はどうした」

「生きておるぞ、辛《かろ》うじてな。それゆえ、おぬしはわしに手を出せぬ。薬師とは長いつきあいなのであろう。それでも、見殺しにするのは朝飯前か。ふふ、鬼にとっては人の命など、取るに足らぬものであろうからな。教えてくれ、今までに何人斬った。ふふ、数えきれぬほどか。千代田の御城に棲む鬼とは、おぬしのことなのか」

問われても、こたえる気はない。

「薫徳をどうするつもりだ」

「役割をまっとうしてもらう」

「毒薬をつくらせるつもりか。いったい、誰に毒を盛る気だ」

「言わずとも、わかっておろう」

斉昭公であろう。知りたいのは、誰に毒殺を頼まれたかだ。

「ふん、斉昭を殺りたい者はいくらでもおるわ。そやつらに声を掛ければ、けっこうな稼ぎになる。されどな、頼まれずとも、斉昭は殺ってやる。あやつには怨みがあるゆえな」

二十五年前のはなしだという。部屋住みであった斉昭は駒込《こまごめ》の藩邸に依拠《いきよ》しながら、退屈な日々を送っていた。あるとき、当主だった兄に従《つ》いて鷹狩りにおもむき、帰路、本所《ほんじよ》の外れにある禅寺へ立ち寄った。禅寺には数々の奇瑞《きずい》を起こすと評判の住持《じゆうじ》がおり、斉昭は悪戯心から配下の者たちに命じて撞鐘を外させた。あろうことか、諫《いさ》める住持を撞鐘の内に閉じこめ、神通力を使って撞鐘から自力で出てこいと命じたのだ。

住持は出てくることができなかった。斉昭から撞鐘を動かすなと命じられ、寺の者たちは逆らえずに三日三晩放置を余儀なくされた。ふたたび斉昭主従があらわれ、許しも頂戴したので、みなで撞鐘を外してみると、住持は瞑目《めいもく》したまま座禅を組んでこときれていた。

「捨て子だったわしは、情け深い住持に拾われた。海よりも深い恩義があったのだ。それゆえ、斉昭を睨みつけてやった。気づいた斉昭は激怒し、おのれの手で目玉を刳《く》りぬけと無謀なことを告げた。わしは怒りにまかせ、命じられたとおりに指で目玉を剔ってやったのだ」

そのはなしが真実ならば、道伯の怨みはそうとうに根が深い。だからといって、副将軍の斉昭を殺めてよいことにはならぬ。

「右目を失ったおかげで、わしは心眼で人の心を読むことができるようになった。読むだけではない。儀式によって、人の心を縛りつけることもできる」

「儀式」

切支丹屋敷跡の石牢において、やはり、禍々《まがまが》しい儀式がおこなわれていたにちがいない。

「さよう、邪気のわだかまる石牢で、臍の緒がついた赤子を荼枳尼天に捧げるのじゃ。わしが唱える明呪は悩み深き善男善女の心に滲《し》みこみ、何処までも根を張っていく。一度儀式に参じた者は傀儡《くぐつ》と化し、わしが命じれば死ぬことをも厭わぬようになる」

こめかみのあたりが疼《うず》いた。

「まやかし坊主め、おぬしが打ち毀しをやらせたのか」

「そうじゃ。信者たちの忠心を知りとうなってな。みな、ようやってくれた。あれだけ壊せば、しばらくは薬も品薄となろう。薫徳のつくる万能薬には、天井知らずの値がつくにちがいない」

「ふん、所詮は金儲けが狙いか」

「金はいくらあってもいい。政事《まつりごと》の中枢におるのは悪党ばかりだ。儀式で悪党の心を縛ることはできぬ。されど、金轡《かなぐつわ》を嚙ませて言いなりにすることはできる。ただし、斉昭のごとく言いなりにならぬ者もおる。そうした連中には死んでもらうしかなかろう」

「薫徳はおそらく、死んでも毒薬をつくるまい」

「それならそれでよい。ほかにやり方もある」

「捨飯なる者に殺らせるのか」

道伯は嘲笑った。

「おぬしには城内で一度、阻まれたことがあった。わしもあの場におってな、捨飯の蛇面を割ったのをみておったぞ。何とも見事な居合抜きであったわ。あのとき、おぬしには会っておかねばならぬとおもうたのよ」

「会ってどうする」

道伯は襟を正す。

「一度しか言わぬ。ともに崇高《すうこう》な使命を成し遂げてみぬか」

「崇高な使命だと」

「さよう。腐りきった侍の世を終わらせるのだ。そのためなら手段を選ばぬ。世の中に毒をふりまいてもよかろう。侍だけが威張り散らし、侍だけが栄える世の何処に希望がある。わしらの手で遍《あまね》く衆生が希望を抱けるような世にするのじゃ。のう、崇高な使命だとおもわぬか」

道伯は喋りながら、恍惚《こうこつ》とした表情を浮かべた。

「捨飯はな、生まれ落ちたときから、人を憎んで生きるしかない運命《さだめ》を背負っていた。紅毛人と女郎のあいだに生まれた子だ。まともに生きることを許されぬ者が、どのようにして生きてきたか、生きねばならなかったのか、おぬしにわかるか。捨飯はな、人を信じておらぬ。そう仕向けたのは、このわしよ。物心ついたときから、言い聞かせつづけた。人を信じてはならぬ。おぬしは鬼を信じるのだとな」

「鬼」

「さよう。あやつは信じておる。いつの日かかならず、鬼が救ってくれるとな。あやつは痛みを糧《かて》に生きておる。おぬしと同じよ。人を殺める痛みに耐えかねつつも、人を殺めることでしか心の隙間を埋められぬ。されどな、すべては崇高な使命を果たすためだとおもえば、救われる心地になろうというもの。わしのことばを信じずともよい。いざというとき、おのれ自身に問いかけてみよ。どれだけ偉そうなことをほざいても、人の本性は変わらぬ。死ぬべき者は死なねばならぬ。死ぬべき者を守ることに何の意味があろうか。いざというとき、おのれの心に問いかけてみるがよい。ふはは、さればな、くどいはなしは仕舞いにしよう。おぬしの心が決まったら、烏賊《いか》の燻製は返してやる」

灯明は消え、道伯のすがたは漆黒の闇に溶けた。

もうひとつ、そばに蹲っていた気配も消えた。

敷居をまたいだ瞬間から、気づいていたのだ。

尋常ならざる気配の持ち主は、捨飯しかいない。

ふたりを追わずに逃したのは、道伯の発したまやかしのことばに、わずかながらも絆《ほだ》されてしまったからなのか。

ともあれ、今は薫徳の無事を祈るしかなかろう。

いざというときは、躊躇《ちゅうちょ》なく、道伯と捨飯に引導を渡すのだ。

みずからに言い聞かせたが、もやもやした気持ちは晴れない。

「……も、もしや」

知らぬ間に、まやかしの術を掛けられたのであろうか。

一抹の不安が過ぎり、蔵人介はおのれの頰を抓《つね》った。

七

翌日、捨飯の人相書《にんそうがき》が市中に出まわった。

打ち毀しの首謀者として、南町奉行所から手配されたのだ。

夕刻、内桜田門外の片隅で待っていると、串部が息を弾ませながら駆けてきた。

「町奉行所の周辺を探ってまいりました。捕縛された連中は、一両もの足労賃を貰っていたようです」

妙なことに、小判を配っていたのは有髪の坊主たちだった。物乞いとしかみえぬ道心者が鍬や杵《きね》なども配った。道心者を率いていたのが捨飯で、襲われた店の奉公人たちも天狗のごとき大男を見掛けていたらしい。

「捕縛された坊主どもの多くは、口々に斉昭公への恨み言を吐いておったとか」

斉昭の指図で寺を廃された僧たちなのだろう。路頭に迷っていたところを拾われ、道伯の言いなりになるしかなかったにちがいない。暴動に火を点《つ》けたのは、斉昭に怨みを持つ連中たちであった。

道伯をどうにかせぬかぎり、同じようなことは何度も起こると覚悟しておかねばなるまい。

「いったい、何がやりたいのでしょうな」

串部は首を捻る。

偽薬を売って儲ける以外に狙いがあるとすれば、斉昭の悪評を市井に遍く浸透させることかもしれない。悪評が広まって、御三家の威信や幕府の沽券《こけん》が傷つくようなことにでもなれば、少なくとも斉昭に隠居を迫る口実ができる。

それを望んでいる連中が、道伯の尻を叩いているのかもしれない。たとえば、水戸家の門閥《もんばつ》を中心とした守旧《しゅきゅう》派ならば、どのような手を使ってでも斉昭を排除しようとするはずだ。

「派閥の争いに薬種問屋を巻きこむとは、怪《け》しからぬ輩でございますな」

頭の固そうな陪臣のおもいつくようなことではない。知恵を絞りだしたのは、お調子者の出島屋六右衛門あたりだろう。

陽が落ちれば、卯三郎が役目終わりで戻ってくる。

蔵人介は串部を残し、ひとりで御門に背を向けた。

重い足取りで帰路をたどり、どうにか浄瑠璃坂を上りきる。

御納戸町の家に戻ってくると、門前に女がひとり蹲っていた。

蔵人介は急いで身を寄せ、女の肩を抱き起こす。

顔が火照《ほて》っており、額に手を当てると熱い。

高熱のせいで気を失っているのだろう。

「誰か、誰か」

屋敷に向かって声を張ると、まっさきに下男の吾助《ごすけ》があらわれ、つづいて幸恵と女中頭《じょちゅうがしら》のおせきがやってきた。志乃は仏間に籠もっている。

女はみすぼらしい恰好をしていた。

手に握っているのは、お守りであろうか。

外してみると、表に「王子神社　子育大願」と刺繍《ししゅう》されてあった。

「王子権現《おうじごんげん》の狐か。板橋《いたばし》宿あたりの宿場女郎にござりましょうか」

吾助の読みは外れておるまい。

どうして宿場を離れ、武家地に紛れこんだのか。

わざわざ当家の門前に倒れていたことも引っかかる。

ともあれ、屋敷のなかへ運びこみ、褥《しとね》の上に寝かせてやった。

今はからだを休め、気がついたら、腹に何か入れてやらねばならぬ。

「粥《かゆ》でもこしらえましょう」

「ふむ、そうしてくれ」
幸恵とおせきは、勝手のほうに消えた。
蔵人介は薬研《やげん》を持ちだし、熱冷ましの薬を調合する。
——ごり、ごり。
吾助が平時から庭で栽培している薬草も使った。
下手な町の藪医者よりも医術の知識は持っている。
重湯《おもゆ》で薬をふくませると、次第に熱も下がってきた。
「あっ、目を開けました」
女はじっと天井をみつめ、ゆっくり眼差しを移す。
蔵人介の顔を目にするや、はっとして跳ね起きた。
できるだけ優しく肩を抱き、耳許に囁いてやる。
「安心いたせ。今、粥をつくってやる」
褥に寝かしてやると、女はおとなしくしたがった。
ちょうどそこへ、幸恵が粥を盆に載せてあらわれる。
女は安堵したのか、おせきに背中を支えられ、粥をゆっくり食べはじめた。
香の物も齧《かじ》り、粥を平らげると、少しは生気を取りもどしたらしく、蔵人介の問いかけにも応じられるようになった。

「春菜と申します」

吾助の読みどおり、板橋宿で宿場女郎をやっていたらしい。ところが、悪人に騙されて子を身籠もったあげく、何者かに拐《かどわ》かされて何処とも知れぬ石牢へ連れこまれた。

「陰惨な邪教の儀式をみました」

と聞き、蔵人介は喉の渇きをおぼえた。

春菜は切支丹屋敷跡の石牢へ連れこまれ、道伯のおこなう「儀式」を目にしたにちがいない。

「今から半年前のことです」

「半年前か」

前髪の垂れた妊婦が隻眼禅師に腹を裂かれ、臍の緒がついたままの赤子を引きずりだされた。

「赤子は邪教の御本尊に捧げて木乃伊にする。されど、途方もない年月を経ねば木乃伊にならぬので、頭頂だけはすぐに削いで使う。赤子の頭頂は木乃伊よりも効能が高いのだと、禅師は恐ろしいことを仰いました」

身籠もっていた春菜は、つぎは自分の運命だと覚悟を決めていた。

ところが、ある晩、おもいがけぬ相手が救ってくれたのだという。

「捨《すて》と呼ばれていた大男にござります。儀式の際、隻眼禅師に命じられ、お局さまの首を落として祭壇に奉じました。水戸家の大奥に仕えるお局さまでござります。恐ろしい化け物にしかみえぬ相手から手を差しのべられ、わたしは戸惑いました」

捨は春菜を石牢の外へ連れだし、背に負って何処までも歩いた。いつの間にか春菜は眠ってしまい、気づいてみると廃寺の崩れかけた堂宇《どうう》に横たわっていた。それから数日のあいだ、捨は食べ物や呑み物を運んでくれた。

「髪は赤く、面相は天狗のようでした。ほとんど口をきかず、顔をみられるのを嫌っておりました」

蔵人介は耳を疑った。

捨とは紛れもなく、捨飯のことであろう。

捨飯はそのうちに、すがたをみせなくなったという。春菜は助けてくれた相手の身も案じたが、これからどうやって生きていくのかを考えるだけで精一杯だった。

平気で人を殺める残忍な男が、何故、身籠もった女を助けたのだろうか。

「もしかしたら、歩き巫女が握り飯を与えた子だったのかもしれません」

「歩き巫女」

「はい、板橋宿で声を掛けられました。嘘か真実《まこと》かわかりませんが、その方は若い頃に京の都で人買いに拐かされ、江戸の岡場所に売り飛ばされたそうです。ところが、交わるべきでない相手と交わり、子まで身籠もってしまった。迷ったすえに産んだ子は、誰にも喜ばれないとわかっていた。何度も手に掛けようとしたものの、できずにその子を襁褓《むつき》に包み、豊川稲荷の門前へ捨てたのだと、その方は泣きながらはなしてくれました」

今から二十年余り前のはなしだという。さらに、それから十年後、女は歩き巫女となり、ずっと避けていた豊川稲荷の門前へやってきた。そこで何の因果か、誰かに捨てられた女の赤子をみつけた。

「十年前に子を捨てた罪滅ぼしとおもい、その方は赤子を拾って育てました」

赤子を捨てた母親のものか、襁褓には「凜」という名の書かれた文が残されていた。

「その方に連れられていたのは、賢そうな女の子でした。しかも、不思議な力を持っていた」

「不思議な力」

「はい、先読みの力にございます」

捨て子の包まった襁褓には、名の記された札とともに、水晶玉がひとつ隠されてあったという。

「娘は『龍の涙』と呼んでおりました。その水晶玉に、これから起こる出来事を映しだすことができるのです」

蔵人介の背後には、志乃が影のように立っている。

さきほどから、おせきの反応が気になっていた。おせきは志乃が八瀬から連れてきた侍女《じじょ》である。ふたりだけが知る「龍の涙」にまつわる逸話でもあるのだろうか。

蔵人介は歩き巫女に一度会っているし、不思議な水晶玉のことも信じて疑わない。何しろ、水晶玉には町入能での凶事が映しだされていたからだ。

歩き巫女と赤子の凜は旅をつづけ、秋も深まったとある夜、本所の外れにある廃寺に塒を求めた。朝になってみると、階に十ほどの男の子が座っている。ひもじそうにしていたので、歩き巫女はとっておきの握り飯を男の子に与えた。それが、春菜の語ったはなしのつづきである。

「もしかしたら、その男の子が捨てた子だったのかもしれません。赤い髪に高い鼻、顔をみればすぐにわかりましょうから、たぶん、そうだったにちがいない。でも、その方は母親だと名乗りでることができなかった。捨てた子に面と向かって、どうして名乗りでることができましょう。男の子は見ず知らずの他人に施されたとおもったのです」

ひとつの握り飯が感謝の心を芽生えさせ、他人から受けた施しはいずれ何らかのかたちで返さねばならぬと、幼心におもったのかもしれない。そして、化け物のようになってからも、他人の恩に報いたいという気持ちの欠片《かけら》は残っていた。

「そうでもなければ、わたしを助けてくれるはずなどなかったのです」

捨飯の気持ちは穿鑿《せんさく》のしようもない。

春菜は拐かされる直前、凜から告げられていた。

「『逃れることができたら、御城の鬼に助けを求めて』と、凜は言いました。もちろん、誰が鬼なのか、鬼がほんとうにいるのかさえも、わたしなんぞにわかるはずがありません」

それでも何とか食い繋ぎながら、春菜は「御城の鬼」を探しつづけた。

矢背蔵人介の名を知ったのは、花見客で賑わう墨堤だったという。水戸家の藩士たちが、悪ふざけをして絡んだ相手からこてんぱんにやられていた。人垣のなかで見物していた春菜も溜飲《りゅういん》をさげたが、そのとき、野次馬のひとりが「あれこそが矢背蔵人介、御城の鬼だ」と囁いた。それが御納戸町にある鬼役の家を探しあてるきっかけになったらしい。

「嫌われ者の鬼が救ってくれるはずだと、凜は言いました。わたしはそのことばを信じた。世間に背を向けた鬼でもなければ、邪教を司《つかさど》る隻眼禅師に引導を渡すことはできまいと、さようにおもったのでございます」

春菜は喋り疲れたのか、深い眠りに落ちた。

先読みのできる凜という娘についても、これから起こる出来事を映しだす「龍の涙」についても、志乃は何ひとつ語ろうとしない。矢背家との宿縁を感じさせたが、語ってはいけない内容なのか、おせきも貝のように口を噤《つぐ》んだ。

翌朝早く、蔵人介は春菜に案内役を頼み、捨飯に連れていかれた廃寺へ向かうことにした。

春菜の体調を気遣ってゆっくりと道を稼ぎ、途中からは小舟を仕立てて大川を遡《そ》上《じょう》する。対岸に遠望される墨堤には、すっかり葉桜となった桜並木が連なっていた。京の都で拐かされた歩き巫女の逸話は、梅若の悲劇を連想させる。

木母寺の船寄せから陸にあがり、寺の裏から一本道をたどって綾瀬《あやせ》川のほうへ向かった。左右には田畑しかなく、遠くの雑木林からは不気味な鳥の鳴き声が聞こえてくる。

――くわっ、かあ。

隅田村の奥にある廃寺とは、何のことはない、海保帆平ら水戸家の捕り方が捨飯の手で撫で斬りにされたところだった。蔵人介は豊川稲荷の禅師から廃寺の所在を教えてもらい、今朝と同じ経路でここにやってきたのだ。

歩き巫女が赤子の凜を抱いて雨露をしのいだのも、赤い髪の男の子に握り飯を与えたのも、この廃寺だったのではないかと、春菜はおもっている。

たしかに、そうかもしれない。

捨飯は大人になっても、時折、この廃寺を訪れていたのだろう。

雑木林に踏みこむと、小雨がしとしとと降ってきた。

薄暗い泥濘《ぬかる》みの奥には、今も血腥さが漂っている。

奥へ進むたびに、鴉どもが羽音を起てて飛びたった。

春菜は恐がりもせず、どんどん奥へと進み、崩れかけた堂宇のまえで立ち止まる。

そして、意を決したように、堂宇の脇道を進んでいった。

「矢背さま、こちらへ」

細い脇道のさきに、いったい何があるのか。

つきあたりまで進み、春菜は頽《くずお》れるように跪《ひざまず》いた。

面前にあるのは、丸石の積まれた小さな土饅頭《どまんじゅう》にほかならない。

「死産でした。堂宇で産んだのです。捨が穴を掘ってくれました。いっしょに、この子を埋めてくれたのです」

ことばを失う蔵人介にたいし、春菜はさらに驚くようなはなしをつづけた。

「こちらは曹洞宗のお寺だったそうです。何でも、最後のご住職は撞鐘のなかで成仏されたとか。嘘か真実かわかりませんが、誰も語りたがらないのです。ご住職のはなしを口にすれば、何代にもわたって祟られる。そんな噂も耳にいたしました」

蔵人介は低く呻いた。

ここは捨飯のみならず、道伯にも関わりの深い寺であったにちがいない。

因縁の糸に手繰《たぐ》りよせられるかのように、歩き巫女と赤子の凜もやってきた。

「もしかしたら……」

因縁の糸を断ちきることが、みずからに課された役目なのかもしれぬ。

蔵人介の口から、重々しい溜息が漏れた。

手にした人相書を睨み、蔵人介は吐きすてた。

「厄介《やっかい》だな」

一抹の躊躇《ためら》いが生じている。

捨飯だけは生かしてほしいと、春菜が強く願っているからだ。

八

翌日、蔵人介は深川《ふかがわ》の洲崎《すざき》にいる。

背には大名屋敷の塀がそそり立ち、面前には砂州《さす》を挟んで青海原が広がっていた。

砂州の手前は今日のために土盛りがなされ、青銅製の大砲が三十門余り、ずらりと並んでいる。

大砲の前方でゲベール銃を構えるのは、水戸家の鉄砲足軽《あしがる》たちであろう。

海風にはためく幔幕《まんまく》の内では、当主の斉昭が重臣や小姓たちに囲まれ、合戦に挑む大将よろしく床几《しょうぎ》に座している。

じつに壮観な眺めだった。

碧空には一朶《いちだ》の雲もない。

斉昭の一声によって、水戸家の戦さ稽古は開始となる。

鷗《かもめ》の群れ飛ぶ海原に向かって、一斉に大砲が獅子吼《ししく》するのだ。

水際の攻防戦を想定した稽古は、水戸家でも初の試みである。

幕府には「鹿狩り」という名目で許しを得ていたが、もちろん、鹿など影も形もなかった。

――斉昭公の御身を守るべし。

蔵人介は遠山からの急報を受け、嫌々ながらも馳せ参じたのである。

どうやら、戦さ稽古の最中に襲われる公算が大きいとの情報を得たらしかった。

もちろん、藩外の者が稽古に参じることは許されぬ。遠山は策をひとつ練っていた。当日は江川太郎左衛門が砲術指南役を頼まれているので、江川の手伝いとして参じるようにと命じられたのだ。

江川にはなしは通っており、蔵人介は幔幕《まんまく》の内に控えることを許された。

斉昭は江川をそばに呼び寄せ、さきほどから膝詰めで大砲のはなしをしている。

反射炉《はんしゃろ》というものを建造し、青銅製よりも性能の優れた鉄製の大砲を鋳造せねばならぬとか、そういったはなしだ。

なるほど、即席の砲台には青銅製とは別に、カノン砲とモルチール砲が一門ずつ運ばれてあった。江川によれば、斉昭が海防策や砲術の第一人者である高島秋帆《たかしましゅうはん》から買いもとめた鉄製の大砲らしい。

砲筒の長いカノン砲は直線に近い弾道を描き、臼《うす》のようなモルチール砲は砦《とりで》を粉砕すべく山なりの弾道を描く。いずれも砲口から弾薬を装塡《そうてん》する前装砲で、欧州の戦いにおいて絶大な威力を発揮しているという。高島はそうした大砲を和蘭陀商人から購入していた。

斉昭は領内の寺という寺を潰し、三百門もの大砲を鋳造させた。ところが、威力の差が歴然としているので、青銅製から鉄製の大砲に気持ちは大きくかたむいている。鉄製の大砲を自前で造るには反射炉を建造せねばならず、費用は最低でも一万両はかかるとされていた。

それでも、斉昭は軍力強化の道を突きすすもうとするだろう。

すべては不安の裏返しであった。阿片《あへん》戦争以来、周辺の海原は焦臭《きなくさ》くなっている。日の本だけが平らかな世を謳歌《おうか》しているわけにはいかず、大金を叩《はた》いてでも武装を強化せよという勇ましい意見が叫ばれるようになった。清《しん》国の二の舞いだけは避けるべく海防を強化し、幕府や諸藩は敵と同等の洋式火器で武装しなければならない。そうした猛々《たけだけ》しい考えを牽引《けんいん》しているのは、まちがいなく斉昭にほかならなかった。

斉昭は江川を相手に嬉々として、大砲の口径や射程について喋っている。

蔵人介は傍からその様子を眺め、怒りにも似た感情を抱いた。そもそも、清国は国全体が阿片《アヘン》に毒されていた。交渉に長けた官僚もおらず、水際の攻防で負ければ相手の言うなりになるしかなかった。が、よくよく考えてみれば、艦砲射撃の威力に屈したにすぎない。脅されて交易の特権を手放したのだ。敵を上陸させて持久戦に持ちこめば、充分に勝ち目のある戦さだった。

徳川幕府のもとに侍という最強の兵を擁《よう》するこの国が、清国と同じ轍《てつ》を踏むとはおもえない。砲台に虚仮威《こけおど》しの大砲を並べる必要はなく、百姓たちから血税を搾《しぼ》り、その金で大量の兵器を和蘭陀商人から購入することも、高価な反射炉を築くことも、蔵人介には無駄としか映らなかった。

「指を咥《くわ》えて眺めておる気か。このままではわが国は滅びるぞ」

斉昭は城内でも老中たちをつかまえては、怪気炎《かいきえん》を吐いている。幕閣の重臣どもは優柔不断で腰が据わっておらぬと怒り、方々から顰蹙《ひんしゅく》を買っているものの、真っ正直で勇ましい斉昭の態度に同調する者は日毎《ひごと》に増えていた。ことに、暮らしや身分に不満のある下士たちからは慕われ、将軍になってほしいと願う者すら見受けられる。

だが、すべては不安を助長させることで生まれる強国願望にすぎない。みずからを煽《あお》って崖っぷちに追いこむ風潮こそが危ういのだ。しかし、一介の元鬼役が何を考えようと、奔流《ほんりゅう》を堰《せ》きとめることはできない。存念を口にするべきではなかろう。

——どん。

筒先から白煙を噴いたのは、臼のかたちをしたモルチール砲であろうか。

幔幕から外を見上げれば、遥か高みに砲弾の軌跡が弧を描いている。

「よし、はじめるぞ」

斉昭が立ちあがり、幔幕の外へ飛びだす。

「うおおお」

雑兵《ぞうひょう》たちが拳を突きあげた。

大砲の筒先は、同じ射角で斜め上方に向いている。

斉昭は前歯を剝き、握った軍配を持ちあげた。

しんと静まった砂浜に、組頭の声が響く。

「弾込めぃ……っ」

ずんぐりした砲弾が、一斉に装塡《そうてん》された。

「点火っ」

火薬が点火され、砲手は両耳をふさぐ。

——どど、どどどど。

三十門の咆哮《ほうこう》が耳朶《じだ》を潰し、立っている地盤をも激しく揺らす。

横一列に並ぶ足軽たちは片膝立ちになり、ゲベール銃を撃ちはなった。

——ばば、ばばば。

白煙が濛々《もうもう》と舞い、無数の弾丸が海に吸いこまれた。

敵は海から一気呵成《いっきかせい》に攻めてくる。

「撃て、撃ちまくれ」

斉昭は顔を朱に染め、あらんかぎりの声を張りあげた。

銃砲による一斉射撃はつづき、あたり一帯は白煙に包まれる。

「ぬおおお」

後方の抜刀隊が突出し、鉄砲足軽たちを飛びこえていった。

砂に足を取られながらも、必死に波打ち際をめざす。

「走れ、一兵たりとも寄せつけるな」

斉昭の叫ぶすがたは、狂気に駆られているとしか言いようがない。

煽られた抜刀隊は我を忘れ、ありもせぬ敵影に斬りこんでいくのだ。

「斬れ、斬りまくれ」

騒然とした雰囲気のなか、蔵人介は異変の兆しを感じていた。

銃砲の轟音《ごうおん》は消え、何処からか、僧たちの読経《どきよう》が聞こえてくる。

「……オンアロマヤテングスマンキソワカ、オンヒラヒラケンヒラケンノウソワカ……」

聞き慣れぬ読経は、修験道《しゆげんどう》の行者が唱えるという「天狗経」であろうか。

地の底から湧いてくるかのようだった。

つぎの瞬間、得体《えたい》の知れぬ虚無僧《こむそう》の一団が群雲《むらくも》のごとく湧きあがり、幔幕の左右に迫ってきた。

「くせものじゃ、殿をお守りせよ」

声を裏返すのは、重臣の小山内刑部であろう。

戦さ目付として斉昭のそばにあり、小姓たちを差配している。

幔幕の内に戻った斉昭のそばには、海保帆平のすがたもあった。

古川半之丞の率いる天狗党らしき一隊も控えており、小姓たちともども盾となるべく斉昭のまわりを囲んでいた。

斉昭自身は顔色を失い、言い知れぬ恐怖のせいか、軍配を握る手は震えている。
「ぬおっ」
幔幕が破られ、虚無僧がひとり躍りこんできた。
手には錫杖《しゃくじょう》ではなく、大身《おおみ》の槍《やり》を携えている。
「ぬげっ」
小姓のひとりが腹を串刺しにされ、近習たちは腰を抜かした。
真剣を使ったことのない者ばかりで、みな、腰が引けている。
「いやっ」
前面へ飛びだしたのは、小山内であった。
抜き打ちの一刀で、槍の虚無僧を斬り捨てる。
江川も言っていたとおり、見事な腕前だった。
蔵人介は斉昭の背後に控え、小山内に目を貼りつけている。
最後に裏切るとすれば、あやつだなと、さきほどから疑っていた。
理由はある。横目付の柳葉軍兵衛と頻繁に連絡を取りあっていたからだ。
内部の者からみれば、上役と配下のやりとりにすぎぬとおもうかもしれない。
だが、柳葉は道伯と裏で通じている。よからぬ企てを画策しているものと疑わざるを得なかった。
幔幕がつぎつぎに破られ、虚無僧たちが飛びこんでくる。
馴れぬ得物《えもの》を携え、闇雲《やみくも》に突っこんでくる者ばかりだ。
道伯の念が憑依した道心者たちなのか。
力量は劣っても、数さえまとまれば厄介な相手となろう。
蔵人介のみたかぎり、海保だけが出色のはたらきをみせていた。
小姓の一隊を率いて、四方から迫る敵を果敢に斬り結んでいる。
気になるのは、戦っているふりをしている上士たちだ。
刀を抜きつつも、一合も交えずに輪の外へ逃れていく。
敵の仲間かもしれぬとすらおもった。
隣にいたはずの江川太郎左衛門は何処にもいない。
混乱の渦に呑みこまれてしまったのだろうか。
切迫した情況でも、蔵人介は刀を抜かなかった。
おそらく、今よりも情況は悪くなると読んでいる。
何せ、真の強敵はまだ、すがたをみせていなかった。
――ぎぇぇえ。

やがて、凄まじい断末魔《だんまつま》の叫びが耳に飛びこんできた。

九

破れた幔幕は風に吹き飛ばされてしまった。

渦巻く強風のなかに仁王立ちしているのは、手に生首を提げた捨飯にほかならない。

逆立つ真紅《しんく》の髪の毛に天狗のごとき形相《ぎょうそう》、捨飯が迫ってきただけで小姓たちは腰を抜かした。

好機は今とばかりに、古川半之丞が声を荒《あら》らげる。

「それ、斉昭を討ち取れ」

えっと目を剝いた小姓のひとりが、横目付の柳葉軍兵衛に斬られた。

さらに、古川に率いられた十人ほどが、小姓たちに牙を剝いていく。

水際だった動きにみえた。あらかじめ、裏切るべく指示を受けていたのだろう。

小姓たちに反撃を命じるべき小山内刑部はと言えば、一歩下がって事態を静観している。

やはり、あやつが黒幕か。

考える暇もない。

「ぬわああ」

敵と味方が入り乱れ、蔵人介は混乱の坩堝《るつぼ》に落としこまれた。

鉄砲足軽やほかの手勢は、同士討ちを避けるために手出しができない。

だが、斉昭の周辺では熾烈《しれつ》な同士討ちが繰りひろげられていた。

もはや、道心者の影は消え、同じ水戸家の家臣らが血だらけになって刃を交えているのである。

一方、重臣たちは死を恐れて近づいてこない。離れたところで固唾を呑み、事態を傍観するしかなかった。

「死ね、斉昭」

柳葉軍兵衛の鬼気迫る顔が近づいてくる。

「御免」

蔵人介は斉昭を背に庇《かば》い、粟田口国吉を抜いた。

――きゅいん。

哀愁を帯びた刃音とともに、柳葉の首が宙に飛ぶ。

「おっ」

一瞬、みなが上をみた。

その間隙にも、是極一刀《ぜごくいっとう》の抜刀剣は繰りだされる。

鳴狐《なきぎつね》の刃音が唸るたびに、敵の屍骸が転がった。

「矢背どの」

少し離れた場所から、海保が呼びかけてくる。

その背後に、古川半之丞が近づいていた。

北辰一刀流の免許皆伝を自慢していた男だ。

「死ね、海保」

大上段に振りかぶり、力任せに斬りさげてくる。

海保はこれを鬢の脇で躱し、反転しながら古川の胸を斬った。

――ばすっ。

見事な逆袈裟、古川は呆気なく斃《たお》れていった。

「それ、怯《ひる》むな」

海保の善戦もあり、裏切った連中の勢いが失われていく。

ただし、最大の刺客だけは颶風となって暴れまわっていた。

蔵人介は鳴狐を納刀し、捨飯の攻撃に備える。

斉昭は身を寄せ、後ろから肩を鷲掴《わしづか》みにしてきた。

「……あ、あの化け物を、どうにかせよ」

突如、あらぬ方角から、禍々《まがまが》しい明呪《みようじゆ》が聞こえてくる。

「オン・キリカクウン・ソワカ、オン・キリカクウン・ソワカ……」

道伯だ。

すがたはみえない。

「くっ」

蔵人介は動きを止めた。

迂闊《うかつ》にも、金縛りの術にかかったのだ。

手足が動かず、呼吸すらもできない。

やはり、薫徳の店で会ったとき、術をかけられていたのだろう。

まんがいちに備えていたのは、道伯のほうであった。

「……や、矢背どの」

名を呼ぶのは、海保であろうか。

海保も金縛りの術にかかりつつある。

それでも、捨飯に斬りかかり、からだごと弾きとばされた。

斉昭や小姓たちも術にかかり、身動きひとつできない。

「ぬはは、鬼と呼ばれた男も形無しではないか」

嘲笑ったのは、黒幕とおぼしき小山内であった。

かたわらに蹲る小姓の胸を串刺しにし、血の滴る刀を右手に提げ、ゆっくりと近づいてくる。

「殿にはご退場いただくしかない。それが水戸家のためでもある。金輪際《こんりんざい》、下士どもの好きにはさせぬ。斉昭公さえおらぬようになれば、われら上士の手で藩政を司ることができる。それが道理じゃ。千代田城の鬼と呼ばれるおぬしが、地獄行きの露払いをつとめるがよい」

小山内よりもさきに、正面から巨体が覆いかぶさってくる。

上から覗きこんでいるのは、捨飯であった。

「……お、鬼」

小首をかしげ、悲しげな顔をする。

蔵人介は死を覚悟した。

つぎの瞬間、捨飯は袈裟懸けの一刀を浴びせてくる。

「うっ」
痛みのせいで覚醒し、手足に強烈な痺れが走りぬけた。
捨飯が一歩退がった隙に、小山内が滑りこんでくる。
「覚悟せい、矢背蔵人介」
喉を狙った利生突きだ。
すっと身を沈め、擦れちがいざまに抜刀する。
――きゅいん。
狐が鳴いた。
「なにっ」
小山内は脇胴を抜かれている。
胴の裂け目から、ぞろっと小腸《ひゃくひろ》が飛びだした。
もはや、止《とど》めを刺す必要もあるまい。
小山内は横倒しに倒れ、眸子を瞠ったまままことときれた。
ほうっと溜息を吐き、蔵人介は首を横に捻る。
捨飯は煙と消えていた。
何処にもいない。

明呪も途切れ、道伯の気配も消えている。

術を解かれた連中が、その場に蹲っていった。

「おぬし、何者じゃ」

後ろから詰問《きつもん》してきたのは、斉昭であろう。

蔵人介は跪《ひざまず》きながらも、きついことばを吐いた。

「何者でもござらぬ。畏れながら、少しは自重《じちよう》なされませ。さもなければ、命を縮めることになりましょうぞ」

常ならば、首を刎《は》ねられてもおかしくはない。

だが、斉昭は何も言わなかった。

蔵人介に守ってもらわねば、確実に命を落としていた。

さすがに、そのことが身に沁《し》みてわかっているからだろう。

守旧派のなかには、舌打ちをしている者が何人もいるはずだ。

小山内の身代わりならば、水戸家にはいくらでもいるにちがいない。

蔵人介は海保に後顧《こうこ》を託し、屍骸の転がる惨状に背を向けた。

砂のうえに足跡を点々と残し、波打ち際まで歩いていく。

汀《みぎわ》でがっくり両膝をつき、両手で海水を掬った。

捨飯に斬られた金瘡《きず》を海水で洗う。

痛みのせいで、声が出そうになった。

だが、金瘡は存外に浅い。

命を狙ったのではなく、覚醒させるために斬ったのだろうか。

捨飯に胸を斬られていなければ、小山内に喉を突かれていた。

まさに、紙一重のところで命を救われたのかもしれない。

小山内から「鬼」と呼ばれたがゆえに、捨飯がそれを聞いていたがために、助かったのだろうか。

おそらく、そうなのであろう。

捨飯は心の奥底で、鬼に救いを求めている。

だが、救うとはいったい、どういうことなのか。

蔵人介は、痛みに耐えながら考えた。

いくら考えても、良い考えは浮かんでこない。

振り返れば、即席の砲台に大砲が虚しく並んでいる。

右往左往する雑兵たちが、哀れにみえて仕方なかった。

おぬしらは何のために、誰と戦うのだ。

明確な敵の意図も知らされずに、来たるべきときは命を落とせ、それが主君に仕える侍であろうと命じられる。ひとたび命じられれば、何も考えずに唯々諾々《いいだくだく》としたがうことしかできない。そんな雑兵たちの有り様が、断末魔の叫びをあげて崩れゆく徳川の世を連想させた。

幔幕の張られていたはずの高所には、軍配を提げた斉昭が悄然《しょうぜん》と佇んでいる。

蔵人介は立ちあがり、胸中にわだかまるおもいを吐きだした。

「斉昭よ、よう聞け」

「おぬしは運よく難を逃れたにすぎぬ。大砲造りにうつつを抜かすより、人々の嘆きに耳をかたむけよ」

一国の舵《かじ》取りをおこなおうと志すのならば、惨めな雑兵や哀れな道心者の気持ちに少しでも寄り添ってほしい。

吐きだしたことばは、波にことごとく攫われてしまう。

蔵人介は項垂れたまま、波打ち際を歩きはじめた。

十

串部によれば、鎌倉河岸の出島屋は活況を呈しているという。

ただし、行列ができるほどではない。売り切れとなっていた「奇瑞人黄丸」が近日中に売りだされる。すでに引き札で大きく喧伝され、人々は世にも稀なる万能薬が再度売りだされるのを待ちかまえていた。

打ち毀しで多くの薬種問屋が半壊の憂き目にあったこともあり、出島屋の「奇瑞人黄丸」は飛ぶように売れるにちがいない。

薫徳の行方は今もわからなかった。

何処かに閉じこめられ、偽薬や毒薬をつくらされているのだろうか。

深川洲崎の襲撃から三日後の朝、蔵人介は袋小路の暗がりにある薫徳の店へやってきた。行方知れずになってからずっと、朝と晩に一度ずつ、わざわざ浜町河岸まで足を運んでいる。

今朝も少し早めに家を出て、裃姿のままやってきた。

なかばあきらめつつも、灯りの消えた店の奥を覗いてみる。

肩を落として振りむくと、空樽集めの洟垂《はなた》れが駆けてきた。

「おらぬか」

蔵人介は身構える。

「おっちゃん、文を探してんのかい」

「ん、それがどうした」

「おっちゃん、鬼役だろ。文ならあるよ、鯣爺《するめじじい》が渡してくれってさ」

文と交換に小銭を手渡すと、小童《こわっぱ》は風のようにすっ飛んでいった。

「おい、待て」

辻向こうに消え、呼んでも戻ってこない。

急いで文を開いた。

――毒薬つくってもうた。みつまた。

と、震えた字で記されてある。

筆跡からして、悔やんでいるのはわかった。「みつまた」というのは、浜町堀の注ぎ口からさきに広がる中洲跡のことであろうか。鯔釣りに誘われていたさきだ。

「薫徳」

蔵人介は駆けだした。

狭い路地を抜け、河岸に沿って南西へ向かう。

注ぎ口まで一気に駆け、川口橋《かわぐち》の欄干から身を乗りだした。

深い入り江は淡水と海水の分かれ目に当たるため、地の者たちには「別れの淵」などとも呼ばれている。葭《よし》の茂る浅瀬には、寛政《かんせい》の頃まで歓楽街が築かれていた。

今は夜舟がみよしを向ける月の名所だが、朝っぱらから舟を仕立てる物好きはいない。

ところが、障子の閉めきられた一艘《そう》の屋根船が浮かんでいた。

「あれか」

蔵人介は土手下に降り、桟橋に繋がれた小舟に向かう。

老いた船頭がひとり、暇そうに煙管《キセル》を燻《くゆ》らせていた。

「舟を出してくれ」

蔵人介の声に驚きながらも、船頭はのんびり纜《ともづな》を解きだす。

「あの屋根船に向かってくれ」

「へえい」

「いつからあそこに浮かんでおる」

「さあ、夜はおらんかったのう」

小舟は桟橋を離れ、葭原《よしはら》のほうへ漕ぎだした。

「ほんでも、あれと似た屋根船は大川の上のほうでみた。昨日の夕暮れでな、乗っておったんは毛唐《けとう》どもじゃ。芸者も呼んで、どんちゃん騒ぎしておった」

「毛唐とは、もしや、和蘭陀商館長の一行か」

「たぶん、そうじゃろう。花見の頃から、本石町の長崎屋に泊まっておるからのう」

きゅっと、心《しん》ノ臓《ぞう》が縮んだ。

むかしみた紅毛人の印象が、捨飯の風貌と重なったのだ。

和蘭陀商館長の目見得《めみえ》が大広間であったのは、つい先だってのことである。大広間での正式な将軍との目見得は年に一度だが、そののちも半月余りは諸侯諸役人との交流はつづき、宿泊所の長崎屋には著名な蘭学者や医者なども訪ねて親交を深める。おそらく、屋形船《やかたぶね》での遊山《ゆさん》も交流の一環であろう。

同じ屋根船とはかぎらぬが、蔵人介は胸騒ぎを禁じ得ない。

船頭は巧みな棹使いで、船端を近づけていった。

「やっ」

蔵人介は立ちあがるや、牛若丸《うしわかまる》のごとく屋根船へ飛び移る。

覚悟を決め、障子を開けた。

「ん」

三人の紅毛人が荒縄でひとくくりにされ、ほかにも侍と商人らしき者が背中合わせに縛られている。いずれも猿轡《さるぐつわ》を嵌《は》められており、生きてはいるようだが、呼んでも応じられぬほど衰弱していた。

蔵人介は脇差を抜いて縄を切り、薄く眸子を開けた侍のもとへ身を寄せる。

素姓を質すと、侍は長崎奉行配下の通詞《つうじ》だと応じた。

紅毛人のひとりは紛れもなく、ピーテル・アルバート・ビックなる和蘭陀商館長である。別のふたりは従者の書記と医師で、肥えた商人は和蘭陀との交易を幕府から一手に任された長崎屋源《げん》右衛《え》門《もん》なのだという。

誰にやられたのかも、どうして狙われたのかも、さっぱりわからない。

二艘の小舟が左右から近づき、覆面で顔を隠した連中が乗りこんできた。刃向かおうとしても、歯の立つ相手ではない。ところが、その連中は金品を奪うでもなく、商館長一行と長崎屋を縛りあげ、障子を閉めきってから屋根船を移動させ、何処かへ消えてしまった。

なるほど、屋根船は澪標《みおつくし》に縄で結ばれていた。周辺は船底がつくほど浅いため、地形をよく知る者でなければ漕ぎ寄せるのは難しかろう。

「……こ、困りました……き、今日は水戸の中納言さまから御城へ呼ばれております」

「何だと」

先日、斉昭に舶来の滋養強壮薬を献上した。効き目がすばらしいので、斉昭が手ずから公方家慶に献上したがっている。ついては商館長と医師も同座し、薬の効き目を説いてほしいとの依頼を受けていたのだ。

「ぬうっ」

道伯が仕組んだにちがいない。商館長一行になりすまし、千代田のお城へ登城しようとしているのだ。そして、献上薬を薫徳のつくった毒薬に差しかえ、わざと斉昭の手から献上させる。家慶にまんがいちのことがあれば、まっさきに疑われるのは斉昭であろう。思惑どおりに事が運べば、斉昭は公方毒殺の罪で断罪されるにちがいなかった。

いかにも、道伯の考えそうなことだ。斉昭自身を亡き者にするだけでは飽き足らず、将軍殺しの悪名を後世まで残そうとしているのかもしれない。

蔵人介は、さっと袖をひるがえす。

通詞は狼狽《うろた》えた。

「……お、お待ちを。置き去りになさるのか。ここは何処にござりましょう」

「浜町河岸の川口、三ツ俣だ。あとで人を寄こす」

「あなたさまは」

「名乗るような者ではない」

「どちらへ向かわれるのですか」

「急いで御城に出仕せねばならぬ」

蔵人介は屋根船の櫂《かい》を拾い、はっとばかりに小舟へ飛び移った。

「船頭、一石《いっこく》橋へ向かえ」

「へえい」

のんびりした船頭を睨みつけ、蔵人介も櫂で漕ぎはじめる。

小舟は屋根船からどんどん離れ、日本橋川を遡上していった。

十一

蔵人介は公方の警固役として、和蘭陀商館長一行の参見に列座したことがある。

公方への拝礼は大広間にて商館長だけが通詞の介添えでおこない、従者の書記と医師や世話役の長崎屋源右衛門は次の間に控えていた。商館長と差配役の長崎奉行がともに平伏すと、奏者番《そうしゃばん》が「オーランダのカピターン」と発声する。独特の抑揚をつけた物言いが、今も耳から離れない。

参見は儀礼だけの呆気ないものだが、そののちは一刻《いっとき》（二時間）余り、別の間で「蘭人御覧」が催される。お忍びの公方や諸侯諸役人、御台所《みだいどころ》を筆頭にした身分の高い奥女中たちも見物に訪れ、商館長一行の纏う衣服や帽子、帯剣や装飾品などが回覧されたり、歌謡や舞踏を披露してほしいなどといった要求もある。舶来の反物《たんもの》や葡萄酒《ぶどうしゅ》、毛氈《もうせん》、天鵞絨《ビロード》、羅紗《ラシャ》などの贅沢《ぜいたく》品、あるいは連発式のピストルなども贈答され、こうした交流は何日もつづいた。

本日の登城も正式なものではなく、蘭人御覧の一環であろう。

道伯は好機を逃すまいと、手ぐすねを引いていたにちがいない。

捨飯ならば、細工をほどこせば商館長にも化けられよう。

道伯は通詞か医師に化け、出島屋は長崎屋の代わりに登城する。

捨飯さえ堂々としていれば、従者たちは大目にみてもらえよう。

蔵人介は疾風となって各門を潜り、御台所門から中奥に躍りこんだ。

ふうっと息を吐き、額に浮きでた玉の汗を拭《ぬぐ》う。

黒地に鮫小紋の裃を纏い直し、乱れた髷を整えた。

廊下を足早に進み、小坊主のひとりに声を掛ける。

「すまぬ、宗竹をこれへ」

さっと身を寄せ、小坊主の袂に一分《ぶ》金を二枚落とした。

しばらく待っていると、宗竹が満面の笑みでやってくる。

「これは矢背さま、御城坊主を呼びつけるのに二分も使うとは、よほどの御用にござりますな」

「上様は何処《いずこ》に」

「黒《くろ》書院かと。水戸中納言さまがお忍びで、和蘭陀商館長をお連れするとか。何でも、奇瑞人黄丸を超える妙薬を献上なさるそうで」

蔵人介は顔色ひとつ変えない。

「大目付の遠山左衛門尉さまは何処に」

「芙蓉《ふよう》之間かと存じますが」

「言伝を頼む。黒書院へご同道願いたしと」

「えっ」

「理由は聞くな」

「高くつきますぞ」

「早う行け」

鋭い眼光で睨みつけると、宗竹は首を縮めて背を向けた。

蔵人介はあとを追うように廊下を渡り、通り抜けの禁じられた土圭《とけい》之間から表《おもて》向《むき》へ踏みこむ。

番役の小坊主からは、誰何《すいか》もされなかった。

素早すぎて、通ったことも気づいておるまい。

廊下のすぐさきを右手に折れ、奥右筆部屋と中之間の狭間《はざま》を抜ける。

黒書院の手前には、警固の小姓たちが座っていた。

と、そこへ、遠山が血相を変えてやってくる。

蔵人介をみつけても、うなずくだけで喋りかけない。

阿吽《あうん》の呼吸で、危うい情況を察してくれたのだ。

遠山はぐっと顔を寄せ、小姓のひとりに囁いた。

「黒書院に賊がおる。襖《ふすま》を開けよ」

戸惑う小姓を手で除け、みずから襖を開ける。

内の入側《いりかわ》に控えた小姓が、吃驚《びっくり》した顔を向けた。

遠山は奥にも聞こえるように、凜然と声を張りあげる。

「御免、大目付の遠山左衛門尉にござりまする」

蔵人介は、ぴたりと背後に従いた。

御城内ゆえ、帯には脇差しかない。

斎藤弥九郎に頂戴した「鬼包丁《おにぼうちょう》」である。

近習たちが呆気に取られるなか、遠山は中腰で入側を進んだ。

右手にみえる西湖《さいこ》之間を通りすぎるや、鋭角にすっと右手へ向きを変える。

正面には下段之間があり、黒漆塗りの框《かまち》を越えれば上段之間となる。

上下段を隔てる四枚襖は左右に開けはなたれ、奥のほうまでよくみえた。

上段之間の上座には家慶、脇には斉昭、姉小路と妹の唐橋もおり、唐橋は何と愛玩犬の狆《ちん》を抱いている。

驚いた。

黒書院では御三家を筆頭に諸大名の接見がおこなわれる。月次《つきなみ》の接見部屋ではあるものの、大広間や白書院につづいて格式は高く、奥女中が渡ることは許されない。

蘭人御覧の際だけは別なのか、それとも、実力者の姉小路と妹の唐橋だけに許された特権なのか、そのあたりは判然としない。

ともあれ、接見はおこなわれていた。

下段之間に控えた商館長の一行は四人、こちらからは背中しかみえぬが、まんなかに座っているのが商館長に化けた捨飯であろう。背後には通詞に化けた道伯がおり、商人の出島屋六右衛門もいる。

はっとしたのは、最後のひとりだ。

何と、それは薫徳にほかならない。

毒を盛るうえで欠かせなかったのか、医師役で随行させられたようだった。

上下段を分かつ框《かまち》の高さは六寸三分（約一九センチ）、偽の商館長一行はそこからさきへは一歩も踏みこめない。踏みこんだ途端、武者隠しから腕自慢の近習たちが飛びだしてくるはずだった。

しかし、捨飯の突進を止められる者はおるまい。

遠山は裃の衣擦《きぬず》れも騒々しく、框の手前まで進んでいった。

大胆にも捨飯を左脇に置き、潰れ蛙のように平伏す。

「何事か」

声を荒らげたのは、斉昭であった。

奏者番《そうしゃばん》も長崎奉行もおらず、この場を仕切るのは斉昭しかいない。

遠山は平伏したまま、よく通る声で言いはなった。

「畏れながら、これに座すカピターン一行は偽者にございまする」

「何じゃと」

「上様御献上のお薬は毒薬、お飲みになってはなりませぬ」

斉昭は激昂《げきこう》する。

「莫迦を申すな。わしは服《の》んだぞ」

遠山は怯まず、すっと顔を持ちあげる。

「すりかえたに相違ございませぬ。ご信じいただけぬようなら、毒味をお許し願いたく存じあげまする」

「許す」

家慶が言った。声がわずかに震えている。

「後ろに控えるは、鬼役であろう。おぼえておるぞ、名は何と言うたか」

「はっ、矢背蔵人介めにございまする」

遠山に紹介され、蔵人介は深々と平伏す。

「されば、お薬を」

振り向いた遠山に促され、薫徳がその場で薬を調合しはじめた。
懐中から白い粉を取りだし、湯呑みの水に溶かすのだ。
馬珍子《マチン》なら即死であろうが、蔵人介に動揺はない。
薫徳は湯呑みを持ち、中腰で差しだそうとする。
だが、途中で震えが止まらなくなった。
湯呑みから水が零《こぼ》れる。
「きゃん」
狆が吠え、上段之間から勢いよく駆けてきた。
「あっ、珍丸《ちんまる》」
唐橋の叫びが重なる。
狆は蔵人介の脇を擦り抜け、畳に零れた水を舌で嘗めた。
ぴちゃぴちゃ音を起て、ころりと横に転がる。
四肢を痙攣させ、ぴくりとも動かなくなった。
「珍丸」
愛犬の名を呼び、唐橋が立ちあがる。
姉小路が妹の袖を摑み、大音声を発してみせた。

「毒じゃ。狼藉者《ろうぜきもの》を成敗せよ」

と、同時に、捨飯が立ちあがった。

「うおっ」

かたわらの遠山を蹴り倒し、六寸三分の框を軽々と乗りこえる。

斉昭が立ちあがり、脇差を抜いた。

背には家慶を庇っている。が、捨飯には抗えまい。

「御免」

蔵人介は鬼包丁を抜くや、駆けながら投擲《とうてき》する。

――しゅっ。

白刃は空《くう》を切り裂き、捨飯の背中に刺さった。

ばったり倒れた指のさきには、斉昭が仁王立ちしている。

「ひゃああ」

おなごたちが悲鳴をあげるなか、武者隠しから近習たちが飛びだしてくる。

だが、刀を抜こうにも手足を動かすことができない。

「オン・キリカクウン・ソワカ、オン・キリカクウン・ソワカ……」

通詞に化けた道伯が座禅を組み、明呪を唱えていた。

家慶も斉昭も、遠山までが金縛りの術を掛けられ、その場から動くことができない。

ところが、蔵人介だけは滑らかな動きをしてみせる。

道伯の面前へ進み、上から醒めた目で見下ろした。

「騙り坊主め、同じ手は通用せぬわ」

右手を伸ばし、喉首を摑んだ。

「むぐっ」

道伯は手足をばたつかせた。

術の解けた近習たちが、騒然としはじめる。

「上様をお連れしろ。早う、早う」

道伯は白目を剝き、がっくり項垂れた。

すでに、息はない。蔵人介に脈を潰されていた。

「ひぇっ」

這いつくばって逃げだした出島屋は、小姓たちに捕らえられる。

そのとき、狆がぴょこんと立った。

「きゃん」

嬉々として吠え、唐橋のもとへ戻っていく。
「馬珍子やなく、毒芹ですわ」
薫徳がしてやったりとばかりに、囁きかけてきた。
野良猫でも証明されたとおり、少量ならば痺れだけで済む。
だが、まだ終わってはいない。
捨飯は死んでいなかった。
「賊は生きておるぞ」
叫んだのは、斉昭であろうか。
捨飯は血の滴る鬼包丁を右手に提げ、蔵人介の背後に立っていた。
小姓たちが迫ってくる。
捨飯はふいに駆けだし、入側から中庭へ飛び降りた。
蔵人介もあとを追い、中庭に飛び降りる。
小姓たちも挙《こぞ》って追いかけてきた。
「寄るな」
蔵人介が怒声を発するや、気迫に呑まれた追っ手は足を止める。
捨飯は振り向き、鬼包丁を抛った。

「わしに斬らせるのか」

蔵人介は屈み、鬼包丁を拾う。

「それが望みか」

おそらく、こうすることでしか、捨飯は救われぬのであろう。

「降魔覆滅《ごうまふくめつ》」

蔵人介は念を込め、鬼包丁を突きだした。

捨飯は避けもせず、痛がりもせず、うっすらと笑みさえ浮かべている。

「逝くがいい」

白刃を引き抜くや、夥《おびただ》しい鮮血が噴きだした。

蔵人介は瞬《まばた》きもせず、返り血を浴びつづける。

凄まじい光景に、誰もが息を呑んだ。

家慶や斉昭にとってみれば、悪夢のような出来事であったにちがいない。

記録にはいっさい載せられず、この場に立ちあった者たちには、遠山の仕切りで箝口令《かんこうれい》が敷かれることだろう。

蔵人介は威儀を正し、中庭から裏道へと抜けていく。

誰から何を守ったのか、みずからを納得させる説明ができそうにない。

報われぬ運命のもとに生まれた者の血を纏い、今はただ御城から逃れることしかできなかった。

十二

春菜は三味線を爪弾《つまび》きながら、離れ瞽女《ごぜ》の母から教わったという「信太妻《しのだづま》」の祭文《さいもん》をしみじみと語るように唄ってくれた。

「……狐の腹から出たとて、種《たね》は保名《やすな》の種じゃもの、あとの躾《しつけ》は義母様《かかさま》と、みな人々に褒められな、母は陰にて喜ぶぞえ、母はそなたに別れても、母はそなたの陰に沿い、行く末長う護《まも》るぞえ、とはいうもののふり捨てて、なんとこれに帰りょう……」

狐とばれた葛《くず》の葉《は》は、腹を痛めた子と別れねばならぬ。母子生き別れの悲哀を切々と唄う瞽女のすがたは、雪深い越後の冬景色と相俟《あいま》って、耳をかたむける者の涙を誘う。

志乃も幸恵も涙ぐみ、蔵人介も悲しい気持ちになった。

春菜は江戸を離れ、越後国高田《たかだ》領内の山里にある日光寺《にっこうじ》をめざすという。

日光寺の本堂は「杉坪《すぎつぼ》のお薬師《やくし》さん」と呼ばれ、眼病に効験《こうげん》があるらしい。瞽女たちのお籠もり場でもあった。春菜の母も若い時分、目がみえるようになるのを願ってお百度を踏み、ひと月近くも断食《だんじき》した。願いは叶《かな》わなかったが、神仏のご利益《りやく》を信じ、死ぬまで通いつづけたのだ。

春菜は情念の渦巻く薬師堂に詣《まい》り、産んでくれた母だけでなく、赤子の木乃伊や道伯に斬殺された母子の供養もしたいと告げた。

「よきことじゃ」

志乃はうなずき、みずからも「信太妻」の一節を唄ってみせたあと、故郷の八瀬で世話になった大叔母《おおおば》のはなしを訥々《とつとつ》と語りはじめた。

「大叔母はな、不思議な力を持っておられた。『龍の涙』と呼ばれた水晶玉に、先々に起こる凶事の数々を映しだすことができたのじゃ。それゆえ、近衛さまにお仕えし、占卜《せんぼく》や陰陽《おんみょう》の役目を担った。ところがあるとき、占星術に長けた紅毛人と抜き差しならぬ仲になってな」

子を孕んで無理に別れさせられてからは、心を病んでしまった。ただ、無事に娘を産み、大叔母の家に代々伝わった「龍の涙」はその娘に託された。

「託された理由は、娘に不思議な力が宿っていたからじゃ」

先々の出来事を水晶玉に映しだすことができるのは、特別な力を持つ者だけにかぎられる。志乃は子どもの頃、大叔母の娘を一度だけみたことがあった。

「碧色の瞳を持ち、頭は剃《そ》りあげておった。赤い髪を隠すためじゃ」

やがて、大叔母は亡くなり、娘はしばらく近衛家で世話になっていたものの、行方知れずとなった。噂では人買いに攫われたと聞いたが、真相は志乃も知らない。

春菜によれば、歩き巫女に連れられていた娘も碧色の瞳をしていたらしい。

年恰好から推せば、大叔母の孫にあたる娘だ。

「会ってみたい、その娘に」

志乃の願いは、きっと叶うにちがいない。

蔵人介は、そんな気がしてならなかった。

暦《こよみ》が替わった頃、薫徳がめずらしく家にやってきた。

出島屋から頼まれていた薬を携えてきたので、よかったら飲んでみろと言う。

「長生きに効能がありまんのや」

出島屋から売りだされていたら、飛ぶように売れていたにちがいない。

薦められた志乃は、あれだけ妙薬を欲していたのに、只《ただ》でも呑まぬと言い張った。

「おぬしの薬を飲んで長生きするくらいなら、飲まずに死んだほうがましじゃ」

「毒ではおまへんし、赤子の天蓋も混ぜておまへん」

薫徳が成分を列挙しても、志乃は頑《がん》として受けつけない。

そう言えば、今朝方、遠山から使いが寄こされた。切支丹屋敷跡の石牢に寝かされていた赤子の木乃伊は、遠山の指図で手厚く葬られることになったという。遅ればせながらも、石牢は埋められる。幕府にとって都合の悪いものは、何もかも葬ってしまうつもりなのだろう。

都合が悪いと言えば、黒書院で脇差を抜いたことも、中庭を血で穢《けが》したことも不問にされ、逆しまに危急の一報をもたらした手柄は無かったことにされた。

偽者に登城を許した和蘭陀商館長は軽い叱りを受けただけ、騒動の原因をつくった斉昭も罰せられずに済んだ。ただし、斉昭については、家慶の心に悪印象を残したようだった。宗竹の噂話ゆえに何処までが真実かはわからぬものの、月次御礼登城の際も会話はいっさい交わされず、斉昭は腫れ物のように扱われているという。

春菜が旅立った日の朝、みなで見送った辻のほうから、涼しげな鈴音が聞こえたように感じられた。

「凜」

志乃は名を呼んで駆けだしたが、辻向こうに碧色の瞳を持つ娘をみつけることはできなかった。

捨飯については、誰ひとり口にする者はいない。

敢えて返り血を浴びた蔵人介の心情を慮《おもんぱか》ってのことだろう。

鬼役を卯三郎に譲ったにもかかわらず、またひとつ業《ごう》を背負ってしまった。

それがおのれの運命とあきらめ、蔵人介は死者を鎮魂しながら今日も能面と狂言面を打ちつづける。

気づいてみれば、垣根に植えた卯木《うつぎ》が白い五弁の花を咲かせていた。

何処からか聞こえてくるのは、不如帰《ほととぎす》の初音であろうか。

――きょっきょ、きょきょきょ。

帛《きぬ》を裂くような鋭い鳴き声だ。

不如帰の鳴き声は「名告《なのり》」と呼ばれ、人の魂を奪い取るのだという。

「……捨飯」

おぬしも常世《とこよ》で聞いておるのか。

生まれたときから魂は奪われていると嘆くでない。

おぬしには人の心が残っていた。それを証拠に、春菜を助けたではないか。

一晩かけて仕上げた面は、蛇面である。

「安堵して眠れ」

蔵人介は縁側に出ると、からりと晴れた空に向かって語りかけた。

木鐸《ぼくたく》たれかし

一

卯三郎に初の密命が下った。

秘かに教えてくれたのは、公人朝夕人《くにんちょうじゃくにん》の土田伝蔵《つちだでんぞう》である。

跫音《あしおと》を忍ばせて炭置部屋にあらわれ、聞きとれぬほどの低声《こごえ》で囁いた。

「それがしから、お伝え申しあげました」

通常、鬼役への密命は真夜中、老中の阿部伊勢守から直々に下される。

夜廻りの小姓や伊賀者《いがもの》の目を盗み、命懸けで楓《かえで》之間奥の御用部屋まで出向かねばならない。小姓組番頭《こしょうぐみばんがしら》の橘《たちばな》右近《うこん》が上役であった頃から、蔵人介は何度も御用部屋へ伺候《しこう》させられた。

だが、卯三郎は御用部屋へは渡らず、連絡役の公人朝夕人から密命を受けとっていた。

「何故、わしのもとへ参った」

蔵人介にぎろりと睨まれ、伝蔵は乾いた唇《くち》もとを嘗める。

「ご容赦を。迷ったあげくにござります」

養父の伝右衛門は昨年師走、御役目の最中に憤死を遂げた。公方を守る盾としての重責も担い、蔵人介にとっては心強い味方であった。若い伝蔵はまだ心許ないものの、場数を踏んで卯三郎を支えてほしいとおもっている。本音では助けてやりたいのだが、突きはなすのも親心であろう。

「明晩、卯三郎さまはとある場所へ向かい、素姓も知れぬ相手を斬らねばなりませぬ」

老中直々のお達しとは申せ、あまりに酷な密命ではないかと、伝蔵は言いたいのだ。

「密命とはそういうもの。従いたくなければ、御役目を返上するしかあるまい。となな、おぬしの亡くなった養父《ちち》によう言われたわ」

「養父がさようなことを」

御役目に私情を挟んではならぬ。それが伝右衛門の信条だった。たとい理不尽な密命でも、淡々と果たさねばならぬ。そうでなければ、鬼役も公人朝夕人もつとまらぬ。そのことを、いつも態度でしめしてくれた。

伝蔵は頭をさげる。

「それがしにとって、養父は到達すべき指標にござります。されど、こたびの密命はどう考えても腑《ふ》に落ちませぬ。それゆえ、ご意見を伺えたらと」

「斬る相手の素姓を調べたのか」

「はい。新たな普請下奉行となられた菅沼弥兵衛《すがぬまやへえ》さまにござります」

伝蔵によれば、菅沼家は代々徒目付を勤めてきた家で、屋敷は九段《くだん》坂を下った俎橋《まないたばし》のそばにあるという。俎橋には幸恵の実家があるので、綾辻《あやつじ》家の者たちならば知っているかもしれない。

斬る理由は告げられていないが、調べてみると、どうやら普請金の着服に関する悪事のようだった。ところが、菅沼の評判をそれとなく周囲に尋ねてみると、堅物を絵に描いたような人物であった。腑に落ちぬというのは、伝蔵が肌で感じたことなのだ。

「卯三郎には告げたのか」

「いいえ」

告げれば迷わせるだけのこと、伝蔵なりに配慮したのであろう。だが、どうしても不審を拭えず、蔵人介に相談を持ちこむしかなかった。

「ふうむ」

鬼役はいかなるときも、誰かを斬らねばならぬ理由を穿鑿してはならぬ。それは先代に教わった教訓だが、すべては密命を下す者に揺るぎない信頼があるという前提でのはなしだ。

橘右近は信頼すべき上役であった。斬りたくない相手でも、斬るべき理由はかならずあった。それゆえ、蔵人介は情を押し殺し、密命にしたがった。人を斬ることで業を背負っても仕方ないと、みずからを納得させることもできた。

阿部伊勢守はまだ、橘の域に達していない。経験が浅すぎる。齢二十五で老中に抜擢され、公方家慶から目安箱の管理を任されるほどの信頼を得てはいるものの、鬼役に密命を下すには貫目が足りぬと、本音ではおもっていた。

もとより、密命の内容は密命を下す者の資質と深く関わってくる。命を賭《と》してでも過ちを正すのが、隠居しそびれた自分の役割かもしれぬ。

「よし、調べてみよう。ただし、卯三郎には気取《けど》られぬようにな」

伝蔵に念を押し、蔵人介は重い腰を持ちあげた。

今は八つ刻、卯三郎は宿直ゆえ、期限とされる明晩まで一日半の猶予はある。

御台所門から退場し、いったん大手門から城外へ出てから、大手濠に沿って平川《ひらかわ》門外へ向かう。さらに、雉子橋《きじばし》門を潜って旗本屋敷の狭間を進めば、九段坂の横腹に行きついた。

左に上れば田安《たやす》門外、右側を進めば飯田《いいだ》川に架かる俎橋に至る。

蔵人介は俎橋を渡り、すぐさきを右手に折れて今川《いまがわ》小路に向かった。

行き先は幸恵の実家、綾辻家である。

御納戸町への帰路はいつも外桜田門から半蔵門のほうにまわるため、このあたりはあまり訪れない。

手土産を携えておらぬことを悔いたが、大目にみてもらうしかなかろう。

綾辻家の門口には、疫鬼祓《えききばら》いの柊《ひいらぎ》と乾いた鰯《いわし》の頭が挿《さ》してあった。

早々に抜き捨て、卯の花を代わりに挿してやらねばなるまい。

蔵人介は冠木《かぶき》門を潜り、表口で来訪を告げる。

老いた義母には驚かれ、さっそく内へ招かれた。

義弟の市之進《いちのしん》は御役目から戻っており、急に訪ねた非礼を詫《わ》びても気にする素振りをみせない。

「何の、おくつろぎくだされ。煮梅の砂糖漬けくらいしかありませぬが、燗でもつけましょうか」

「酒はよい。茶をくれ」

「はっ、されば」

市之進は温《ぬる》い湯で美味い茶を淹《い》れてくれた。

「義兄上《あにうえ》がわざわざお越しになるとは、よほどのことですな」

「ふっ、そうおもうか。ところで、義父上《ちちうえ》のお加減はどうじゃ」

「年相応に弱ってきております。今も寝所でうつらうつらと」

「さようか。幸恵には聞いておるが、見舞いにも来られずにすまぬな」

「何を仰います。そろそろ、本題におはいりください」

市之進は鬼役に下される裏の役目を知っている。以前は手伝いをさせたこともあったので、そちらの用件とすぐに察したのだろう。

「なるほど、卯三郎の初仕事にござりますか」

「さよう、わしは知らぬことになっておるがな」

「何もかも、おのれで判断させねばならぬ。されど、心情としては放っておけぬ。

義兄上も難しいお立場にございますな」

「突きはなしてよいものかどうか、いささか迷うところでな」

「よくわかります。影鬼《かげおに》と申すのも、よくわからぬ御役目にございますな。ところで、それがしに何かお尋ねでも」

蔵人介は茶を啜り、口を湿らせた。

「菅沼弥兵衛を存じておるか」

「知っているどころか、幼馴染《おさななじ》みにございます」

「ほっ、さようであったか」

「真面目《まじめ》すぎて融通《ゆうずう》の利かぬ男で、徒目付にはぴったりかとおもうておりましたが、父御が急死したのち、徒目付ではなしに、普請下奉行に就きたいと願い出ました」

「よくぞ願いが叶ったな」

「好きこそものの何とやら。弥兵衛は家作《かさく》が大好きで、幼い時分から大工になりたがっておりました」

役人の誰よりも家作に詳しい。知識の豊富さが役に立ち、望みを叶えることができたのだ。

「先日、近所の仲間で祝ってやりましたが、えらく喜んでくれ、朝まで呑み明かしてしまいました」

「親しいのだな」

「ええ。それで、弥兵衛がどうかしたのですか」

「普請金を着服した疑いが掛けられておる」

「えっ」

市之進は絶句し、首を左右に振った。

「あり得ませぬ。何かのまちがいにござります」

「まちがいだとすれば、それはそれで困ったことになろう」

「まさか、弥兵衛を斬るのが、卯三郎に下された密命なのですか」

蔵人介が黙ってうなずくと、市之進はにわかに混乱をきたし、冷静になるまでしばらく待たねばならなかった。

「弥兵衛は甲源一刀流《こうげんいっとう》の免状持ち、いかに卯三郎とて容易《たやす》くは仕留められますまい……いやいや、それがしは何を申しておるのか。断じて、仕留めさせてはなりませぬ。そもそも、御役高百俵にすぎぬ普請下奉行ごときが、何故、鬼役の的にならねばならぬのでしょうか」

「それもある」

的に掛けるには地位が低すぎるし、公金着服の疑いならば、堂々と評定《ひょうじょう》に掛けて裁くべきだ。闇から闇に葬るまでもなかろう。

「義兄上、これには裏がありますぞ。今から、しゃかりきになって調べるしかありません」

まずは、菅沼本人に探りを入れねばなるまい。

蔵人介がそのつもりで足労《そくろう》したことを、市之進もよくわかっている。

「卯三郎が動くのはいつですか」

「明晩だ」

「されば、今宵じゅうには何とか、本人から事情を聞きだしておきます」

「頼む」

「こちらこそ、いざというときはお助け願います。卯三郎に弥兵衛を斬らせるわけにはまいりませぬ」

蔵人介は軽く頭を下げ、義弟に背を向けた。

ともあれ、市之進からの報告を待つしかない。

従者の串部にもはなしておくべきだろうが、肝心の卯三郎だけを蚊帳《かや》の外に置くのは忍びない気もする。

――どん。

遠くに聞こえているのは、初撃ちの砲声であろうか。

今日は八十八夜、百姓は畑《はた》打ちや種蒔《ま》きを終えた頃だろう。

迎え梅雨《づゆ》の兆しなのか、見上げる空はどんより曇っている。

助けるべきか、突きはなすべきか。

めずらしく判断に迷う自分にたいして、蔵人介は少しばかり腹が立ってきた。

二

明け方、市之進が御納戸町の家にやってきた。

幸恵は眠い目を擦《こす》って応じ、衰えた父が無事であることを確かめると安堵したのか、弟に何をしに来たのか尋ねようともしなかった。

市之進は大食漢ゆえ、姉が支度してくれた丼飯をぺろりと平らげる。

「朝っぱらから、よく食えるな」

蔵人介はなかば呆れ気味に眺めつつ、義弟がひと息つくのを待った。

「弥兵衛に会いましたぞ」

「ん、そうか」

酒でも呑もうと誘い、それとなく御役目のことを聞きだしたという。

「着服のことは喋っておりません。疑いを掛けられていると知れば、あやつめ、腹を切りかねませぬゆえ」

「ふむ、それで何かわかったか」

「ええ、これしかないというはなしを聞きだしましたぞ」

市之進は胸を張り、膝を寄せてくる。

「とある名主が拝領地に家作を建てる件で、安直に許すわけにはいかぬと、弥兵衛はえらく憤っておりました。上役に文句を言っても埒《らち》があかぬので、普請奉行の池本土佐守《もととさのかみ》さまに訴えたところ、身の程をわきまえよと一喝されたとか。徒目付のそれがしからみても、そのはなしがもっとも怪しいのではないかとおもわれます」

拝領地は四谷伝馬町《よつやてんまちょう》二丁目にあり、甲州《こうしゅう》街道に面した七反歩《たんぶ》（約二千百坪）ほどの正形地らしい。そもそもは伊賀組や先手組《さきてぐみ》の縄手地《なわてち》であったが、四十年ほど前に火事で一帯が焼失し、長らく火除地になっていた。

「それを今から十年前、大堀福左衛門《おおほりふくざえもん》なる者が借りうけました」

「大堀福左衛門」

「多摩《たま》郡中野《なかの》村の大名主にござります」

同村は約二百九十戸の百姓を抱えており、二千石余りの年貢《ねんぐ》高を有する。福左衛門には商才があり、名主でありながら材木の売買などにも手を出していた。それが十年前、芥《ごみ》捨て場と化していた火除地に目を付け、茄子《なす》苗三千本を植えつけて畑に転用したい旨の申請をおこなったという。

「畑にすれば銭を生む。火除地で金儲けなどもってのほか。許されるはずがないと、誰もがおもうでしょう。ところが、一両三分の年貢を納めるという条件で、勘定方や代官の許しを得たそうです」

市之進は一寸書を眺め、懸命に喋りつづける。

杯を重ねながらも、友の口から漏れる細かい数を克明に書き留めていたのだ。

菅沼の説明によれば、大堀福左衛門の家は数代前まで中野村近辺の土豪《どごう》だった。幕初の頃、秩父《ちちぶ》の石灰を大量に移送するべく青梅《おうめ》街道筋で人馬割当《じんばわりあて》をおこない、右の功績によって苗字帯刀《みようじたいとう》を許され、幕府の御用百姓《ごようびやくしよう》になったらしい。

「御用百姓か」

火除地の転用は簡単なはなしではないので、御用百姓でもなければ拝借は許されなかったにちがいない。ところが、福左衛門は拝借だけでは飽き足らず、火除地の支配を盤石《ばんじやく》なものにするために、拝領地への切り換えを申請して許された。しかも、一昨年には家作を建てる許しも得て、十世帯用の棟割《むねわり》長屋を一棟建てたという。

「住んでいるのは貧乏人ばかりゆえ、店賃《たなちん》はいくらにもなりません」

掘っ建て小屋でもよいから、家作を建てることが狙いだった。拝借地や拝領地のままでは、いつ召しあげられるともかぎらない。家作さえあれば、召しあげを回避できると考えたのだろう。

それにしても、年貢を払ってまで土地を得たい理由とは何なのか。

「九割方は、小作《こさく》の名目で植木屋に貸しているそうです」

江戸では武士町人を問わず、趣味で植木を求める者が多く、植木屋は借り賃が多少高くついても、四宿内にまとまった広さの土地を借りたがっている。福左衛門はそこに目を付け、地代収入を得るために火除地の再利用を申し出たのである。

しかも、こたびは家作の建て増しを申請した。今ある棟割長屋を潰し、路面店も兼ねた強固な家作を築く内容であった。

「弥兵衛は申しました。ゆくゆくは町屋を築き、おのれの姓を冠して大堀町にでもする気であろうと」

おもいあたらぬでもない。昨今は金満家《きんまんか》たちが競うように、利用価値の高い武家地を買い漁《あさ》っている。たとえば、深川一ツ目《ひとめ》弁天《べんてん》横にある亀井《かめい》屋敷が津和野《つわの》藩から売りに出され、噂では七千両の値をつけたという。あるいは、旗本たちも土地の又貸しで儲けようと札差に借金までし、鵜《う》の目鷹の目で好条件の土地を物色しているとも聞いた。

菅沼の言うとおり、福左衛門は町ひとつそっくり自分のものにするつもりなのであろう。

「上水を掘ったわけでも、土地の人々に尽くしたわけでもない。何ら功績もないのに、町名を金で買う。さように不届きなはなしが、許されてよいはずはありませぬ」

いずれにしろ、裏金でもたんまり積まねば、御上の許しは得られまい。

普請下奉行の菅沼弥兵衛は、福左衛門に擦りよられたのであろうか。

ふうっと、市之進は溜息を吐く。

「お察しのとおり、宴席に呼ばれ、餅をふたつ並べられたそうです」

五十両の包金《つつみがね》をふたつ、しめて百両で買収されかかったのだ。

「無論、弥兵衛は拒みました。そのあたりの経緯もふくめて、普請奉行の池本さまに訴えた。ところが福左衛門のやり口は棚にあげ、上役の頭越しに訴えた行為が怪しからぬと詰られた。憤らぬほうがおかしいと、それがしも同意いたしました」

火除地を町屋に転用したいと願っても、通常は高い壁が控えている。家作を建てるには普請奉行の許しがいるし、土地の用途変更には代官と勘定奉行の許しを得なければならない。町屋が隣接しているときは、町奉行を通して町年寄《まちどしより》や町名主《まちなぬし》ともはなしをつけねばならず、ともあれ、甚だしく煩雑《はんざつ》な手続きをおこなわねばならぬ。

普請下奉行の役目は家作そのものの適性を審査することで、権限の範囲はさほど広くはない。それでも許しを得ねば事は前に進まぬゆえ、福左衛門は菅沼にたいして百両もの賄賂を用意したのだ。

ほかの連中には、もっと多くの賄賂が渡されたか、これから渡されるものとみなすべきだろう。かりに、菅沼弥兵衛以外がすでに賄賂を受けとっていると仮定すれば、ひとりだけ生真面目《きまじめ》に抗っている菅沼は邪魔者にしかみえぬはずだ。

関わっている連中からすれば、排除したくなるのはわかる。だが、命まで取ることはなかろう。しかも、老中を介して鬼役を使うとなれば、首をかしげざるを得ない。鬼役は両刃《もろは》の剣である。使い道をあやまれば、使った者も無事では済まないのだ。

阿部伊勢守はそこまで考えたうえで、密命を下したのだろうか。

おそらく、そうではあるまい。

何処かの段階で、重要な判断をあやまった。もしくは、判断をあやまらせるように、何者かが仕向けたのかもしれぬ。

いずれにしろ、ずいぶん甘くみられたものだ。

次第に腹が立ってくる。

やはり、菅沼弥兵衛を斬る理由は浮かんでこない。

気づいてみれば、東涯《とうがい》は白々と明けていた。

「どうなされます」

寝不足で目の赤い市之進は、御城へ出仕せねばならぬという。

「あとは任せておけ」

何はともあれ、四谷の拝領地に出向いてみねばなるまい。

蔵人介も重い腰をあげた。

三

市之進と別れ、蔵人介は串部を連れて四谷方面に向かった。

浄瑠璃坂を下りて濠沿いに四谷御門まで進み、甲州街道から内藤新宿《ないとうしんじゅく》をめざす。伝馬町二丁目は内藤新宿のかなり手前なので、御納戸町からでもさほど遠い道程ではない。

「それにしても、初《しょ》っ端《ぱな》からけちがつきましたな」

串部は事の経緯を知り、溜息ばかり吐いていた。

「ただでさえしんどいのに、真面目な役人を斬れという。しかも、その善人は市之進さまの幼馴染みときた。斬ったら悔いが残りましょうが、斬らねば密命に背いたことになる。進むも地獄、進まぬも地獄とは、まさにこのことにござりましょう」

何やかやと言いながらも、どことなく暢気《のんき》に構えている。いざとなれば、蔵人介がどうにかしてくれると、気楽に考えているのであろう。

「さあ、着きましたぞ」

街道沿いの土地にたどり着き、まず目に飛びこんできたのは芥の山に集《たか》る鴉の群れであった。火除地は何処も同じようなもので、町奉行所でも芥の処分に手を焼いていた。それゆえ、火除地の再利用はありがたい面もあったが、御用百姓の大堀福左衛門はどうやら、土地のすべてを上手に利用しているわけでもないらしい。

だが、芥の山と隣接する盛り土の向こうには、無数の植木が植えられていた。

一町四方をぐるりと歩いても植木しか見当たらず、北東の端に棟割長屋がぽつんと一棟だけ建っている。

「茄子畑なんぞ、何処にもありませんな」

茄子苗を植えつけるのは土地を借りる口実にすぎず、厳正に調べれば虚偽の申し出をおこなった罪に問うこともできよう。だが、そうなってはいない。福左衛門が役人たちにたいして抜かりなく賄賂を贈っているからだろう。それ以外には考えられない。

「勘定奉行や代官も、普請奉行でさえもみてみぬふりをしている。唯一、不審を募らせた新任の普請下奉行だけが、本人の知らぬところで命を狙われる。このような理不尽が罷《まか》り通るなら、世の中は終わったも同然ですな」

理不尽の先っぽに、卯三郎は立たされようとしている。

密命の名を借りて汚れ役を負わされるのだとしたら、そう仕向けた連中を許すわけにいかぬと、蔵人介はあらためておもった。

曇り空から、ぽつりぽつりと冷たいものが落ちてくる。

「雨か」

串部が漏らし、左右の掌をひろげた。

「ひゃああ」

突如、女の悲鳴が聞こえてくる。

北東に建つ棟割長屋の方角からだ。

目を凝らせば、破落戸《ごろつき》風の連中が集まっていた。

長屋の住人たちに立退きを迫っているのだろうか。

「すわっ」

串部もそれと察し、裾をからげて駆けだす。

面倒に巻きこまれたくはないが、みてみぬふりはできぬ。

蔵人介は口を結び、血の気の多い従者の背を追いかけた。

そぼ降る雨のなか、怒号や悲鳴や金切声《かなきりごえ》が錯綜している。

住人たちは粗末な身なりをしており、年寄りや女子供も大勢交じっていた。

破落戸どもは容赦しない。年寄りだろうが子供だろうが、抗う者を摑まえては引っぱたいたり、蹴ったりしている。嬶《かか》ぁや娘のなかには、どさくさに紛れて着物を剝ぎとられる者まであった。

「うおっ」

杵《きね》を掲げた巨漢が大声を張りあげ、長屋の柱を叩き折るぞと脅しつける。

それでも、住人たちは抵抗を止めない。無理もなかろう。この場所から逐《お》われれば、雨露をしのぐことができなくなる。命懸けなのだ。新たに住むさきを手当てできぬ事情でもあるのだろう。

「後生《ごしょう》だ、止めてくれ。あんたらも人じゃろうが」

「うるせえ、歯抜け爺」

ばこっと、年寄りが張り倒される。

そうしたさなかへ、串部は躍りこんでいった。

「おい、こっちを向け」

振り向いた巨漢に頭突きを見舞い、襲いかかってくる強面《こわもて》の連中を当て身でつぎつぎに倒していく。

破落戸どもは、総勢で二十人は優に超えていた。にもかかわらず、串部があまりに強いので後退《あとずさ》りしはじめ、蔵人介が着く頃には破落戸どもと住人たちが左右に分かれて睨みあうかたちになっていた。

「あんたは何者だ」

無体《むたい》な連中のなかから、背の高い男が踏みだしてくる。

「そっちから名乗れ」

串部に促され、男は頬の古傷を指でなぞった。

「おれは鰐口屋五郎兵衛《わにぐちやごろべえ》、この界隈《かいわい》じゃ鰐五《わにご》で通っている」

「地廻《じまわ》りか」

「ああ、そうだ。御上から、こいつを預かっているのさ」

鰐五は背帯から、銀流しの十手を抜いてみせる。

もちろん、串部は怯《ひる》まない。

「嫌がる連中を力尽くで追いだそうとはな、とんだ十手持ちがあったものだ」

「騒ぎを起こせば、あんたは牢屋敷行きになる。御上に抗った罪でな。ふん、わかったら、とっとと失《う》せな」

「そうはいかの何とやら。不浄役人の手下がどれだけ粋がっても、天下の旗本にはかなうまい」

「あんた、御旗本なのか」

「残念ながら、わしは従者だ。そちらのお方がご主人よ」

串部のひとことで、みなの目が一斉に集まる。

不思議なことに、雨はぴたりと止んでいた。

眼差しのさきには、蔵人介が立っている。

見る者すべてを黙らせる威厳があった。

鍔五は空唾を呑みこんだ。

そこへ、少し離れたところから、誰かの嗄《しやが》れた声が掛かる。

「鍔五、そのくらいにしておけ」

「へえ」

破落戸どもが畏《かしこ》まったところから推すと、雇い主であろう。

瓢箪《ひようたん》のような顔をした五十絡みの男だ。後ろに金壺眸子《かなつぼまなこ》の侍をしたがえている。

用心棒であろうか。

瓢箪男はでっぷりと肥えた腹を揺すり、こちらにゆっくり近づいてきた。

帯には華美な拵《こしら》えの大小を差し、偉そうに肩で風を切っている。

ちっと、串部が舌打ちした。

聞かずとも、素姓がわかったのだろう。

「それがしは大堀福左衛門、中野村の名主をつとめる身ですが、この土地を御上から拝領しております」

「ここは火除地ではないのか」

蔵人介が惚《とぼ》けてみせると、福左衛門は嘲笑った。

「火除地だったのはむかしのはなし。今はそれがしの拝領地なのですよ」

「拝領地は御上のもの、名主ごときが得手勝手に使える土地ではない。長屋の住人を力尽くで追いだせば、御上のご意志に反しよう」

「さすが、天下の御旗本。筋が通っておりますな。御無礼ながら、御名を頂戴できませぬか」

「矢背蔵人介だ」

「御役もよろしければ」

「御役はない」

「ほう、無役であられますか。されば、何かと苦労なさっておいででしょうな。ご挨拶方々、のちほど、お屋敷に手代を差しむけましょう」

「それにはおよばぬ。ひとつ尋ねるが、長屋を潰してどうするつもりだ」

「道沿いに堅固《けんご》な家作を建て、町をつくります」

「町か。なれば、ここは先々、大堀町とでも命名されるのか」

「ぐふっ、仰せのとおりにござります」

「自分の名が町名になれば、さぞかし気持ちのよいものであろうな」

「それはもう、それがしの夢にござります。夢を叶えるためなら、どのようなことでもいたします」

「人を傷つけるようなことでもすると申すか」

思い当たる節でもあるのか、福左衛門はぎろりと目を剝いた。

「いったい、何が仰りたいので」

「金の力で、たいていのことはどうにかなる。そうおもっているとすれば、おおまちがいだ。欲深い者は、かならず天罰を受ける。それを教えておこうとおもったまで」

「ふん、余計なことを」

福左衛門は地金《じがね》を出し、苦い顔で鼻を鳴らす。

後ろの金壺眸子は身を固め、殺気を放ちはじめた。

串部も首をこきっと鳴らし、腰を落として身構える。

抜刀したところで、双方が白刃を合わせることはあるまい。

串部の抜いた両刃の同田貫《どうたぬき》は、瞬時に用心棒の髷を刈りとるはずだ。

まわりの連中は凄惨な情景に凍りつき、福左衛門は土下座して詫びるかもしれぬ。

だが、それでは何ひとつ解決しない。長屋の住人たちも溜飲《りゅういん》を下げるというより、刀を抜くことしか知らぬ侍を忌み嫌うはずだ。

蔵人介は怪訝《けげん》そうに、福左衛門を睨みつけた。

こんな男のために、串部が刀を抜くことはないのだ。

ましてや、卯三郎がわざわざ出張《でば》ってくるのはおかしい。

やはり、今宵の御役目は拒むしかなかろう。斬ってはならぬ相手を斬るくらいなら、鬼役を外されたほうがよいと、蔵人介は覚悟を決めた。

四

蔵人介が覚悟を決めても、最後に判断を下すのは卯三郎である。

公人朝夕人の伝蔵によれば、卯三郎の的とされた菅沼弥兵衛は今宵、日本橋浮世《うきよ》小路の『百川《ももかわ》』に呼ばれているという。言わずと知れた一流の料亭で、客はまず風呂にはいってから豪勢な御膳にありつく。勘定のほうも目玉が飛びでるほど高く、よほどの金持ちでなければ予約すら受けつけられない。利用するのは札差や雄藩《ゆうはん》の留守居役《るすいやく》というのは知っていたので、まずまっさきに宴席を主催した者の素姓が気になった。

「すでに、お察しのとおりかと」

伝蔵に囁かれ、蔵人介は眉を顰める。

「御用百姓の大堀福左衛門か」

「いかにも」

主賓《しゅひん》は普請奉行の池本土佐守で、多摩郡中野村を差配する代官の村松忠三郎《むらまつちゅうざぶろう》も呼ばれているという。職禄二千石の普請奉行は別格として、百五十俵取の代官は旗本としては下位だが、普請下奉行よりも与えられた権限は幅広い。

いずれにしろ、四谷の土地に関する一件以外で、この三人が同じ宴席に呼ばれることは考えられなかった。しかも、四人目の来席者を確認している。もっとも遅く辻駕籠でやってきた人物だが、頭巾で顔をすっぽり隠しており、伝蔵も素姓を知らぬという。

「怪しいな」

同時に漏らしたのは、串部と市之進であった。

市之進は心配で居ても立ってもいられなくなり、蔵人介に頼んで押しかけてきた。

肝心の卯三郎だけが遅れている。というより、伝蔵の伝えた刻限まではまだ四半《しはん》刻《とき》（三十分）の猶予があった。気の逸《はや》るほかの連中が早く着き、物陰から様子を窺っているのである。

蔵人介はさきほどから、留まるべきかどうかを決めかねていた。

本来なら留まるべきではないし、卯三郎に余計な助言を与える必要もない。

阿部伊勢守の密命を受けたのは卯三郎で、やるかやらぬかを決めるのは本人なのだ。

が、やはり、市之進の幼馴染みでもある正直者の役人を、あたら死なせるわけにはいかなかった。しかも、菅沼は甲源一刀流の免許皆伝、安易な気持ちで向かったら返り討ちに遭うだろう。

どうする。

止めろというのは容易いが、口に出さぬのが矜持《きょうじ》なのかもしれない。どちらにしろ、ほかの連中には居てほしくなかった。

「市之進、すまぬが、先に帰ってくれぬか」

おもいきって、蔵人介は切りだした。

市之進は渋々ながらも同意し、物陰から離れていく。

伝蔵も蔵人介の意図を察し、すがたを消してしまった。

一方、串部は自分だけは最後まで残るつもりのようだった。

「えっ、拙者《せっしゃ》もでござるか」

「消えてくれ。父子水入らずではなしたいのだ」

串部はふてくされた顔でお辞儀し、こちらに背を向ける。どうせ、近くの藪陰にでも身を潜めるつもりだろうが、顔をみせなければそれでいい。

——ごおん。

亥《い》ノ刻（午後十時）を報せる捨て鐘が鳴った。

鐘楼堂《しょうろうどう》のある本石町が近いので、鐘音は腹に響く。

目を凝らしても、料亭の表口に動きはない。

辻向こうから跫音《あしおと》を忍ばせ、卯三郎がやってきた。

「養父上、ここで何をしておられる」

最初から詰問口調で質され、蔵人介はたじろいだ。

「じつは、おぬしにはなしがあってな」

「今宵の御役目に、何か不審な点でも」

察しがよい。蔵人介をみつけた時点で、異変に気づいたのだろう。

「わしのはなしを聞くか」

「伺ったところで、決断が鈍ることはありませぬ」

「すでに、覚悟は決めたと申すか」

「決めねば、ここに来ておりませぬ」

「そうだな」

「いかなる困難があろうとも、課された御役目を全《まっと》うせねばならぬ。どれだけ理不尽な御役目であろうとも、けっして拒んではならぬ。それが鬼役というものだと、養父上に教わりました。今宵は、それがしの初陣《ういじん》にござります。鬼役としての御役目を、きっちり果たす所存でおります」

立派な心構えだ。目が覚めたような気分になる。

「さようか。そこまで申すなら、何も言うまい」

蔵人介はくるっと踵《きびす》を返し、卯三郎に背中をみせた。

俯き加減の淋しげな背中が、すべてを物語っている。

余計な説明などいらぬ。卯三郎を信じ、任せればよいのだ。

蔵人介は物陰から離れた。が、浮世小路からは離れなかった。

辻のほうに進んで脇道に逸れると、藪陰から押し殺した声が掛かる。

「大殿、こちらでござる」

手招きするのは串部だ。

おそらく、伝蔵と市之進も近くに隠れているのだろう。

ただし、伝蔵には覆面侍の素姓を探らねばならぬ役目がある。

偉い順に出てくるだろうから、卯三郎の首尾は見逃すことになるかもしれない。

夜空には星が瞬いていた。軒行燈がいくつか見受けられるものの、辻向こうは薄暗くてよくみえない。

料亭の表口が何やら騒がしくなった。

客が帰るのだろう。

横丁から首を差しだすと、三挺《ちょう》の駕籠がつづけざまに近づいてくる。

二番目は辻駕籠ゆえ、覆面侍を乗せているにちがいない。

「えい、ほう、えい、ほう」

三挺の駕籠が面前を通りすぎ、辻向こうへ消えていった。

黒い影が堀端にあらわれ、しんがりから追いかけていく。

伝蔵であろう。

一方、料亭の表口からは、四人目の客が歩いてくる。

ひとりだけ駕籠を使わぬのは、菅沼弥兵衛であった。

見送りの女将《おかみ》がお辞儀し、敷居の向こうへ引っこんだ。

通行人はいない。やるなら今だと、蔵人介はおもった。

拳をぎゅっと握ったが、卯三郎は物陰から飛びだしてこない。
やはり、一抹の躊躇《ちゅうちょ》があるのだろう。
菅沼は酔っており、わずかに足をふらつかせている。
蔵人介と串部の目の前を通りすぎた頃、ようやく卯三郎が動きだした。
暗闇に跫音を忍ばせ、菅沼との間合いを詰めてくる。
殺気を感じた。
やる気なのだ。
まずいとおもった刹那《せつな》、駕籠の消えた辻向こうに、人影がひとつあらわれた。
人影はぐっと身を沈め、脱兎《だっと》のごとく駆けだす。
駆けながら白刃を抜き、菅沼に真正面から斬りかかった。
あっと息を呑んだのは、蔵人介だけではなかろう。
「何やつ」
菅沼も刀を抜いた。
が、甲源一刀流の手練《てだれ》にはみえない。
酒のせいで、あきらかに反応が遅れた。
「死ね」

相手の一撃は大上段からの斬り落とし。

菅沼は避けきれず、左腕を肩口からばっさり断たれた。

と、同時に、それが剣客の本能なのか、右手一本で胴斬りを見舞う。

「ぐはっ」

相手は腹を深々と剔《えぐ》られ、俯《うつぶ》せに倒れた。

両者の動きは一瞬で、手を出す隙はない。

「菅沼っ」

道端から躍りだしてきたのは、市之進であった。

倒れた菅沼の身を起こし、頬に平手打ちをくれる。

「死ぬな、死ぬんじゃない」

必死に叫んでも、菅沼はすでに息をしていなかった。

蔵人介と串部が駆け寄り、卯三郎も近づいてくる。

「……こ、これは、どうしたことだ」

卯三郎は驚愕し、顎を小刻みに震わせた。

蔵人介は応じることもできず、眉間《みけん》に皺を寄せる。

串部が屈み、腹を剔られて死んだ男をひっくり返した。

「知らぬ顔ですな」

「串部まで、何をしに来た」

卯三郎が口を尖らせ、睨みつけてくる。

「どういうことか、説いていただけませぬか」

怒った口調で聞かれ、蔵人介は吐きすてた。

「どうやら、備えに使われたらしい」

「備え」

第一の刺客が失敗《しく》じったときの備えに、何者かが鬼役を使おうとしたのかもしれぬ。

「ずいぶん嘗めたまねをする」

卯三郎が吐きすてた。

見立てどおりなら、とうてい許すわけにはいかない。

事と次第によっては、密命を下した者も断罪せねばならぬ。

生来の反骨魂《はんこつ》が、胸の奥底で燻《くすぶ》りはじめた。

阿部伊勢守よ、許しを請うのはおぬしのほうだと、蔵人介は怒りを込めて胸につぶやいた。

五

用心棒の雇い主だった大堀福左衛門は『百川』の裏口から逃れ、独楽鼠《こまねずみ》のように何処かへ消えてしまった。菅沼弥兵衛の運命を知っていたとするならば、普請奉行と代官も福左衛門と同罪とみなすしかない。

一方、覆面侍の素姓については伝蔵が調べているはずだが、丸一日経過しても連絡はなかった。

蔵人介は市之進や卯三郎とともに、菅沼の通夜に足を運んでいる。

悪党どもに鉄槌を下すつもりなので、目付筋には何ひとつ経緯を告げていない。徒目付の市之進も沈黙を保っていた。それゆえ、菅沼は不運にも辻強盗に斬られたことになっている。残された妻や幼い子供たちには申し訳ないが、今はそういうことにしておくしかなかった。

褥に寝かされた遺体には失った左腕がくっつけられ、布で何重にも巻かれている。みつめると胸苦しさをおぼえたが、蔵人介は目を逸らすことができなかった。

事情を知った卯三郎も、口惜しげに唇を嚙んでいる。

どうやら、菅沼をあの場で斬る気はなかったらしい。

やはり、拠所《よんどころ》ない事情があることを察していたのだ。

されど、外から調べただけではわからぬ事情もある。

焼香を終えて屋敷をあとにした道すがら、目を赤く腫らした市之進がはなしかけてきた。

「御父上がぽつりと仰いました。弥兵衛は目安箱に投じる訴状をしたためていたそうです」

「何だと」

「内容までは知らぬと仰せでした。目安箱に訴えるのは、本来は虐《しいた》げられた市井の者たちであって、御上の禄を食《は》む直参《じきさん》のやることではない。何か、よほど腹に据えかねた事情でもあったのだろうと、御父上は涙ながらに教えてくださりました」

菅沼は福左衛門に「餅」を並べられ、きっぱり拒んだ。昨晩の宴席はおそらく、上役たちの同席する場で翻意を促そうとして催されたのだろう。翻意するにしろ、しないにしろ、菅沼は斬られる運命にあった。ほかの連中はやはり、最後の宴になることを知っていたのだ。

役に就いた幕臣が目安箱に訴えるとは、どういうことなのか。

「切腹を覚悟せねばならぬということだ」
蔵人介の言うとおり、それほど重い行為なのである。
どうあっても阻止せねばならぬと、訴えられる側はおもうはずだ。
やはり、目安箱への訴えが暗殺の契機になったことは否めない。
項垂れる市之進と別れ、蔵人介は卯三郎と夜道をたどった。
俎橋を渡って九段坂を上り、番町のほうへ向かう。
卯三郎の持つ提灯《ちょうちん》の灯が心許ない。
ふたりはひと言もことばを交わさなかった。
息遣いだけで、おたがいの心情は手に取るようにわかる。
卯三郎は今、怒りの持って行き場を懸命にさがしているのだ。
迷路のような番町の坂道を下りていると、後ろから跫音がひたひた迫ってくる。
追いついてきたのは、公人朝夕人の土田伝蔵であった。
覆面侍の素姓がわかったのだろう。
「御本丸奥右筆屋敷掛《がかり》、安西頼母《あんざいたのも》にござります」
敬称をつけぬのは、悪事の臭いを嗅ぎとったからにちがいない。
「なるほど、奥右筆か」

老中や若年寄が決裁すべき願書について、先例を探して照らしあわせるだけでなく、可否の判断まで進言する。幾多の願書から選別して優先順を決める役目も担っており、あらかじめ答えを用意しておくのが、有能な奥右筆とみられていた。

多くの場合、理路整然とした見解が決裁に活かされる。そのため、願書を依頼する側は裏から手をまわし、音物《いんもつ》や賄賂をせっせと贈った。権力に近い者ほど贅沢ができるのは古くからの倣《なら》い、奥右筆のなかに清廉潔白を信条にするような間抜けはまずいない。

安西も例に漏れず、京橋《きようばし》界隈に地価総額で二万両におよぶ町人地を所有しているらしかった。

「十年前から買い増しを進め、当初の十倍以上も土地を増やしております」

その土地に店や長屋を建てて又貸しをおこない、年に六百両余りの実入りを得ているという。

「十年前と言えば、福左衛門が四谷の火除地を拝借した頃だな」

「その頃からの腐れ縁かもしれませぬ。拝借を許す見返りに、土地の手当金を融通しろと要求したのかも」

こたびも安西は動いた。福左衛門は拝領地に堅固な家作を築き、みずからの姓が冠された町をつくろうとしている。許しを与えるのは老中だが、火除地の再利用を認めるかどうかは安西が可否の実権を握っており、関わりのある普請奉行や代官に手際よく根回しを済ませていた公算は大きかった。

「ところが、ひとりだけ梃子《てこ》でも動かぬ役人がいた」

伝蔵は筋読みをつづける。

しかも、その役人は目安箱に訴えると力みかえり、始末に負えない。

だからといって、容易に排除できる相手でもなかった。何せ、甲源一刀流の免状持ちである。闇討ちにするにしても、相当に腕の立つ者を差しむけねばならない。

「そこで、鬼役が奥右筆の頭に浮かんだ」

蔵人介は首をかしげる。

「さあ、それはどうであろうか」

鬼役は幕閣でも秘中の秘、まことにいるのかどうかさえ、重臣や近習でも多くの者は知らぬ。老中の秘密を知る立場の奥右筆といえども、認知しているかどうかの確証はなかった。かりに認知していたとしても、阿部伊勢守が密命を下すためのお膳立てをせねばならず、そこまでして危ない橋を渡ろうとするかと言えば、やはり、首をかしげざるを得ない。

伝蔵の読みは、大筋では当たっている。

だが、決め手に欠けると、蔵人介はおもった。

やはり、さほど地位の高くない普請下奉行を、わざわざ鬼役に斬らせるところが納得できなかった。少なくとも、阿部伊勢守はそうすべきと判断したのだ。いかに、奥右筆が巧みに誘導したとしても、密命を下すためにはそれ相応の理由が要る。

「公金の着服では、弱すぎはせぬか」

「承知しました。今少し、調べてみましょう」

伝蔵は一礼し、下りてきた坂道を引き返していった。

蔵人介は卯三郎と肩を並べ、ふたたび、暗い坂道を下りはじめる。

「訴状はすでに、投じられていたのかもしれませせぬぞ」

と、卯三郎に指摘された。

阿部伊勢守は公方家慶の名代《みようだい》として、目安箱の訴状に目を通す役目を負っている。なるほど、普請下奉行の訴状を読んでしまったのかもしれない。ただし、訴状には安西頼母の名は記されていなかった。安西は屋敷掛として呼ばれ、意見を求められたにすぎない。

たとえば、火除地だった土地を御用百姓の姓が冠された町にかえてもよいかどうか。容認すれば特定の者を贔屓《ひいき》することになったり、幕府の定めた秩序を損なうことになりはせぬかと、阿部に質された。

安西はそつなく、切れ味鋭い舌鋒《ぜっぽう》で応じたはずだ。

火除地の再利用で年貢を納めさせれば、何の不備もない。

むしろ、ありがたいはなしで、推進すべき事例になろう。

まんがいち、御用百姓が賄賂等で行きすぎた行為があったならば、呼びつけて叱責すればよいだけのことで、目安箱に訴えるまでもない。訴えた幕臣に腹を切らせれば、それこそ幕府の権威に関わってもこようから、そちらは厳正に対処すべきだ。

と、かりに上申したとすれば、阿部は納得して密命を下そうとするだろうか。

「しませぬか」

「せぬな。何処かで読み違えておる」

蔵人介は足を止め、思案投げ首で考える。

やはり、鍵を握るのは訴状に記された内容だろう。

阿部に決断させる何かが記されてあったにちがいない。

もちろん、福左衛門の関わる土地絡みのはなしであろうが、それは阿部伊勢守か安西頼母に聞いてみるしかなかろう。

「どっちにするか」

迷いながら歩いていると、道に迷ってしまった。

ふたりで同じような屋敷が並ぶ隘路《あいろ》を行きつ戻りつしながら、みおぼえのある辻をみつけて、ほっと安堵の溜息を吐く。

黒幕の正体が浮かんではきたものの、菅沼が斬られた背景はわからない。

阿部に会って直に質すべきかもしれぬと、蔵人介はおもった。

六

八日は灌仏会《かんぶつえ》、志乃と幸恵は亀岡《かめがおか》八幡のある東圓寺《とうえんじ》へ向かい、御堂に飾られた牡丹《ぼたん》や芍薬《しゃくやく》などの豪華な花々を眺め、御仏のご利益がある甘茶《あまちゃ》を貰ってきた。蔵人介はその甘茶で墨を磨《す》り、達筆な太い字で「家内安全」と記したが、もう少し捻った文言を書けぬかと、志乃に詰られた。

幸恵は庭に掘った池のそばから杜若《かきつばた》を摘んで花入れに飾り、串部は雪隠《せっちん》の虫除けにと薺《なずな》を逆さにして天井から吊るす。路地裏からは、蚊帳《かや》売りや金魚売りの売り声が聞こえてきた。ここ数日は雨も降らず、気持ちの良い晴天がつづいている。

蔵人介は初夏の風に誘われるように門を出て、遊山気分で浄瑠璃坂を下りていった。

先日から気に掛かっているのは、阿部伊勢守の目に触れたとおぼしき訴状の中身だ。律儀な性分の菅沼弥兵衛は、切腹覚悟で目安箱に投じる訴状をしたためた。並みの覚悟ではない。逡巡《しゅんじゅん》があったはずだし、おそらく、何度も福左衛門の拝領地へ足を運んだにちがいない。

菅沼と同じ気持ちでもう一度、拝領地を歩いてみようとおもった。

甲州街道を通って四谷伝馬町二丁目までやってくると、あいかわらず芥山に鴉の群れが集っている。

盛り土に上って北東端に目を向け、蔵人介は啞然《あぜん》とした。

「ない」

棟割長屋が跡形もなくなり、だだっ広い更地《さらち》になっている。

大股で近づくと、老《お》い耄《ぼ》れがひとり、ぽつんと佇んでいた。

長屋に住んでいた住人かもしれない。

「あっ、お武家さま」

向こうから気づいて、声を掛けてきた。

「鰐五たちを追っ払ってくれたお武家さまでやしょう」

「ふむ」

鰐五たちはしばらく鳴りを潜めていたが、一昨日の晩、ついに性悪な本性を剝きだしにし、住人たちを追っ払って長屋を粉々に壊したのだという。瓦礫《がれき》もすべて処分され、誰かが住んでいた痕跡すら消されてしまったと聞き、蔵人介は唸るしかなかった。

「住んでいた連中はどうなった」

「散り散りになりやしたよ。稼ぎのねえ病持ちと女子供がほとんどでやしたからね。たぶん、半分は野垂れ死にするっきゃねえでしょう」

冷めた物言いが気になった。見掛けはただの歯抜け爺なのに、自分だけは大丈夫だとでも言わんばかりの態度だ。

「最初から、こうなることはわかっていたんだ。御用百姓にゃ逆らえねえ。何せ、葵《あおい》の御紋まで後ろ盾にできるおひとだかんな」

「葵の御紋とは何だ」

「御三家の水戸さまでやすよ。福左衛門の旦那は、水戸さまにも所場貸ししておりやしてね」

又貸しの代金が途方もない額にのぼるという。

どう眺めても、この土地ではなさそうだ。

「近くでやすよ」

「案内してくれぬか」

「お武家さまの頼みなら仕方ねえ。でも、内緒でやすよ」

「ああ、約束する」

歯抜け爺は、名を喜助《きすけ》といった。

そもそもは鉄砲鍛冶《かじ》だったらしい。そのことを鰐五に告げたら、新たな塒をみつけてくれた。しかも、銭になる仕事にありつくことができそうだという。

多くを語らぬ喜助の背につづき、四谷大木戸跡まで進んでいった。

左手には玉川《たまがわ》上水が流れており、幅の広い用水路に沿って信濃《しなの》国高遠《たかとお》藩を領する内藤家の下屋敷が何処までもつづいていく。

喜助は大木戸跡の手前を左手に折れ、下屋敷の塀に沿って南下していった。

旗本屋敷を左手にしながら裏大番町を過ぎると、内藤屋敷の南端に出る。

一帯には畑が広がっており、植木が何本も植わっていた。

畑のまんなかには、玉川上水が滔々《とうとう》と流れている。

水路の土手道を下っていくと、水車小屋が何棟か建っていた。

「あそこでさあ」

「えっ」

水車小屋をふくむ広大な畑が、大堀福左衛門の所有地らしかった。

水戸家が借りているのは水車小屋で、そのことは口外無用なのだという。

喜助の稼ぎ場所も、水車小屋のようだった。

——きゅるきゅる、きゅるきゅる。

水車の回る音だけが、畑に虚しく響いている。

喜助は足を止めた。

「お武家さま、ここまでだ。引っ返《か》えしやしょう」

誰かに見咎《みとが》められることを、極度に恐れている。

仕方なく、蔵人介は踵を返すしかなかった。

「どういうことだ」

水車小屋では水流で水車を回して動力を生みだし、挽き臼を動かして穀粉《こくふん》をつくったり、精米や油搾りなどをおこなう。それと水戸藩がどう関わるのか、蔵人介は咄嗟におもいつかなかった。

喜助は曖昧《あいまい》な笑みを浮かべる。

「風向きが変われば、わかるかも」

「ん」

風下に立つと、微かに燐《りん》の臭いがする。

わかった。

「火薬か」

砲を発火させる火薬は、硝石《しょうせき》約六割、硫黄《いおう》約二割、木炭約二割の配分で製造するのだが、搗《つ》いて混ぜ合わせねばならず、この工程に水車の動力なども利用される。しかし、美濃《みの》や信州《しんしゅう》の山中でおこなわれているものとばかりおもっていた。

まさか、内藤新宿で火薬がつくられているとは想像もできぬし、たとえ御三家とはいえ、火薬製造は禁じられているので、下手をすれば幕府への反逆行為とみなされても仕方ない。そもそも、硝石は長崎経由でしかもたらされぬ貴重な鉱物なので、幕府以外の諸藩では所有すらも許されていなかった。

「お武家さまには先日の借りがある。だから、お連れしたんです。このことは口外しねえほうがいい。でねえと、普請下奉行さまの二の舞いになっちまう」

「待て。おぬし、菅沼弥兵衛を知っておるのか」

「ええ、何度か水車小屋まで案内しやしたからね。近頃じゃめずらしく真っ正直なお役人さまで、ほんとうは大工になりたかったと、あっしなんぞに打ちあけてくださった。そんなおひとがあんなことに……辻強盗に斬られたと聞きやしたけど、そんなはなしは信じられねえ」

火除地跡に戻ってくるまで、喜助は歯の欠けた口で喋りつづけた。

蔵人介には、ほとんど聞こえていない。

菅沼がしたためた訴状の中身は、ひょっとしたら水車小屋のことだったのではあるまいか。そんな気がしていた。

水戸家がご禁制の火薬を製造している。それと知りながら、御用百姓は水車小屋を貸しており、右の実態を上役に告げても、まともに取りあってもらえない。それゆえ、菅沼は直訴状をしたため、目安箱に投じるしかなかったのではあるまいか。

喜助によれば、水車小屋に詰めているのは鰐五の乾分《こぶん》たちで、水戸家の役人は偶《たま》に覗きにくる程度だという。

火薬造りをはじめた時期ははっきりとせぬが、ここ半年以内のことのようだった。兵力増強をはかる斉昭の方針に沿ったものであろうが、斉昭本人の指示によるものかどうかもわからない。天狗党の配下が勝手にやりはじめたのかもしれぬ。

どっちにしろ、幕府にしてみれば放っておけない一件にちがいなかった。

しかし、水戸家と火薬造りの関わりが表沙汰になれば、御三家はもちろん、幕府の権威が失墜する事態にもなりかねない。それゆえ、目安箱に訴状が投じられたことは、阿部伊勢守にしてみれば歓迎すべきことではなかった。しかも、まがりなりにも奉行の地位にある役人が切腹覚悟で訴えたとなれば、事は厄介至極《しごく》な様相を呈してこよう。

切腹を許せば、水戸藩に謀反《むほん》の兆しありとの疑念が世間に知られてしまう。

そうさせぬためには、何としてでも切腹を阻まねばならなかった。

阿部は奥右筆の安西を部屋に呼びつけ、良い思案はないかと尋ねたのかもしれない。

安西はすかさず、闇から闇へ葬るしかないのではと応じた。刺客の手配も任せてほしいと胸を叩いてみせたが、阿部のほうが納得しなかった。確実に菅沼を仕留めるには、二段構えの備えが要る。そこで、鬼役に密命が下されることになった。

どうであろうか。

ある程度は納得できる筋読みのようにもおもわれる。

蔵人介は喜助に礼を言い、更地になった拝領地に背を向けた。

七

十日経った。

水車小屋で火薬が製造されているのはまちがいない。

穀粉造りと偽って作業に従事しているのは、鰐五の手下たちと火薬の扱いに慣れた職人たちであった。目を光らせているのは福左衛門の後ろに控えていた侍で、用心棒だとばかりおもっていたが、伝蔵の調べで安西頼母の用人と判明した。名は石場勘解由《いしばかげゆ》といい、微塵《みじん》流の遣い手らしい。

伝蔵はついでに、菅沼と相討ちになって死んだ刺客の素姓も調べあげた。こちらは水戸の天狗党に属していた剣客で、名を宮竹銑四郎《みやたけせんしろう》という。念のため、玄武館の海保帆平にも尋ねてみたが、宮竹は腕はそこそこ立つものの酒乱の気があり、酒席で喧嘩沙汰を起こして藩を離れていた。安西に拾われ、刺客になりさがったのだろう。

いずれにしろ、福左衛門は水戸家と深く関わっている。

安西に大金を献じて抱き込み、火薬造りがばれても危害が及ばぬように壁を築いたつもりでいるのだろう。

たしかに、老中の阿部までが火薬密造の事実を知りながら、水戸家への遠慮から手を打とうとはしなかった。そればかりか、厄介事を露見させぬために、命懸けで目安箱に訴えた忠臣を鬼役に命じて暗殺させようとした。

いかなる事情があろうとも、阿部の判断はあやまりだったと言うしかない。

城内では今、老中の御用部屋から怒鳴り声が響いている。

めずらしいことに、声の主は老中首座の土井大炊頭利位であった。

「水戸中納言さまが、狩場で大砲をぶっ放しておるそうではないか。側近どもは何をしておる。誰か諫める者はおらぬのか」

松之廊下や竹之廊下で擦れちがうたびに、斉昭から列強諸国への弱腰を居丈高《いたけだか》な態度で詰られてきた。さすがに温厚と評された土井も苛立《いらだ》ちが募ったようで、近習や部屋坊主をつかまえては当たりちらしているのだ。

「ただし、奥右筆の安西頼母さまだけは叱られませぬ」

そっと囁いたのは、部屋坊主の宗竹である。さりげなく安西の評判を尋ねると、即座に応じてくれた。

「如才《じょさい》なく振る舞うことに長けておられるようで、噂では大炊頭さまから印判《いんばん》を預かっているらしい。

「阿部伊勢守ばかりか、土井大炊頭にも取り入っているとか」

宗竹の語る噂は諸大名にも伝わり、大名家の留守居役たちが音物を抱えて安西の屋敷前に列をなすにちがいない。大堀福左衛門は大きな金蔓《かねづる》だろうが、いずれ近いうちに蜥蜴《とかげ》の尻尾切りのごとく切られるかもしれないと、蔵人介はおもった。

何せ、福左衛門は火薬造りへの関与という危ない橋を渡っている。

阿部の気が変われば、獄門《ごくもん》台に首が晒されることも否めなかった。

ただ、今のところ、使い道は大いにあると目されているのだろう。ご禁制の火薬造りに加担しているとなれば、本来は即座に罰せられるべきだが、そうなってはいないからだ。

福左衛門は利用価値があると安西に進言され、阿部も納得した公算は大きい。

そうしたことを考えながら、蔵人介は廊下の隅から御用部屋の様子を窺った。

安西頼母という奥右筆の人となりを、手っ取り早く知りたいがためでもある。

笹之間に詰めねばならぬ鬼役の立場なら、表向に足を運ぶのは気を遣うが、影鬼の今は誰に気兼ねするわけでもなく、中奥とのあいだを行き来できた。それが唯一の利点かもしれない。気配さえ殺せば、誰にも気づかれずに城内を動きまわることができるのだ。

安西には、ひとつだけ確かめておきたいことがあった。

はたして、鬼役を知っているのかどうか。

知っているとわかれば、阿部への対応も変わってくる。

どうやら、土井の怒りは収まったようだ。

それを待っていたかのように、控え部屋から役人や小坊主たちが出てくる。

安西の風貌は知っていた。

公卿《くぎょう》のごとき、うらなり顔だ。

その顔が廊下にあらわれ、こちらのほうへやってきた。

周囲に人の気配はない。

すっと、蔵人介は身を寄せた。

安西がぎくっとして、立ち止まる。

「何用でござろうか」

こちらの素姓を計りかねていた。

蔵人介は眸子を細め、正直に名を告げる。

「矢背蔵人介にござる」

戸惑った目の動きを注視した。

安西は我に返り、苦笑いする。

「その名、聞きおぼえがある。おぬし、鬼役であろう」

「鬼役からは身を引き、今は炭置部屋に控えてござる」

「わしに何用じゃ」

「御用がおありなのは、安西さまのほうでは」

「ん、何が言いたい」

蔵人介は襟を正した。

「単刀直入に申しあげましょう。水車小屋の件でござる」

「何じゃと……」

驚いた顔が怒りに変わる。

「……おぬし、分《ぶん》をわきまえておるのか」

蔵人介は目を逸らさない。

「仰る意味がわかりませぬが」

「わからずともよいわ。所詮、おぬしは飼い犬にすぎぬ。命じられたとおり、やるべきことをやればよいのじゃ。おぬしごときが、自分の頭で考えるでない」

ほうと、胸の裡《うち》で嘆息《たんそく》する。

おもった以上に鼻持ちならぬ男のようだ。

「それがしを、ごときと仰せですか」

蔵人介は眸子を細め、冷静な口調で問うた。

安西は制御の利かぬからくり人形のごとく、真っ赤な顔で喋りつづける。

「そうじゃ。上には上の考えがある。あらゆる事情を勘案し、今はそうするしかないという判断を下すのじゃ」

「ひとつだけ、お尋ね申しあげたい」

「何じゃ」

「安西さまが判断する尺度とは何でござろうか。たとえば、罪無き忠臣の命を絶たねばならぬ判断の尺度をお教え願いたい」

「ぬう」

菅沼弥兵衛のことと察したのであろう。

安西は獣のように唸り、怒りで握った拳を震えさせる。

生まれてからこの方、他人からぐいぐい追いつめられたことがないのだ。

「飼い犬め。よいか、わしは日々、幕臣の中枢を担う方々と渡りあっておる。それは天下の行く末をよりよきほうへ導くためじゃ。わしは誰よりも知恵を絞っておる。言ってみれば、天下を動かしておるようなものじゃ。木っ端役人のひとりが死のうが死ぬまいが、どうでもよい。わかったら去《い》ね。鬼役風情が余計なことに首を突っこむでない」

早口で尖った台詞を並べたて、安西は振りむきもせずに去っていった。

阿部に告げ口をすればしめたもの、早晩、呼び出しが掛かるだろう。

その機会が訪れたら、直に言ってやればよい。

鬼役は飼い犬にあらず。事の良し悪しを自分で判断しようとする厄介者ゆえ、くれぐれも取扱いは慎重にせよと。

もはや、安西と刺し違える覚悟はできた。

蔵人介は老中の御用部屋を睨み、くるっと踵を返した。

八

卯月《うづき》二十日、深更《しんこう》。

――どん、どんどん。

江戸市中に爆裂音が轟《とどろ》いた。

夏の打ちあげ花火には早すぎる。

西の夜空が光ったと証言する者もあった。

内藤新宿の水車小屋が爆発したのである。

死者が出ていると聞き、翌朝、蔵人介は串部を連れて惨劇の場へ足を運んだ。

靄《もや》の立ちこめた早朝にもかかわらず、旗本屋敷の途切れた辺りには大勢の野次馬が詰めかけている。

水車小屋は黒焦げになっており、周囲には焼けだされた屍骸が並べられていた。

無造作に敷かれた筵のそばに近づき、蔵人介は判別し難い屍骸の顔をひとつずつ確認していった。

なかには煙に巻かれて窒息した者たちもあり、遺体の損傷はさほど酷くもない。

靄は薄れ、喜助とおぼしき老爺《ろうや》の遺体をみつけてしまった。

「南無《なむ》……」

串部が経を唱える脇で、蔵人介はじっと両手を合わせる。

「……どうして、こんなことになったのでしょう」

火薬の原料を混ぜて搗く作業の工程で引火したのか、それとも、何者かがわざと爆破したのか。どちらにせよ、水車小屋が火薬製造に使われていた事実は、野次馬たちの口から江戸市中に広まるだろう。

町奉行所や大目付の探索方が出張ってくれば、水車小屋を貸した福左衛門も、借りた水戸家の連中も無事では済むまいと察せられた。

串部が野次馬のひとりから何か聞きだしてくる。

「大殿、鰐五の手下たちは爆破の直前に逃げだしたそうです」

巻き添えを食ったのは、火薬に詳しい職人たちだけらしい。

「なるほど、鰐五か」

「今から乗りこみますか」

「ふむ」

四谷大木戸跡を過ぎて甲州街道を歩き、かつて問屋場《といやば》のあった辺りまで進む。

大路を挟んだ向こうには、内藤家の菩提寺《ぼだいじ》でもある太宗寺《たいそうじ》の山門がみえた。閻魔堂や塩掛け地蔵を拝みに何度か詣ったことがある。問屋場跡に隣接した街道沿いに目をやると、藍地に白抜きで「鰐五」と染めぬかれた太鼓暖簾がはためいていた。

迷わずに敷居をまたぎ、格子に囲まれた内証《ないしょう》のほうを睨みつける。

鶴のように首を伸ばすのは、破落戸《ごろつき》どもをしたがえる「鰐五」こと鰐口屋五郎兵衛であった。

「何か御用で」

刺々《とげとげ》しい鰐五の声に反応し、手下どもが三和土の周囲に集まってくる。

なかには杵を提げた巨漢もいたが、いずれも串部に伸《の》された連中だった。

鰐五もすぐにそれと気づき、警戒顔で上がり端まで近づいてくる。

「こいつは驚いた。いつぞやのお武家さまじゃございませんか」

「おぼえておったか。それなら、はなしは早い」

受け答えは串部に任せ、蔵人介は一歩引いたところから睨みを利かせる。

「へへ、何の御用でやしょう」

痛い目に遭うのが嫌なのか、鰐五は揉み手で問うてくる。

「惚《とぼ》けるな」

串部は鬼の形相で一喝した。

「水車小屋を爆破したのは、おぬしらであろうが」

「証しはおありですかい。ふん、証しもねえのに、そんなはなしを持ってくるとはね。あんたら、何がお望みです。口止め料でもふんだくろうって魂胆なら、こっちにも考えがありやすぜ」

「ほう、考えとやらを聞かせてもらおうか」

鰐五は頬の古傷を撫で、背帯から銀流しの十手を抜いてみせる。

「あっしらは、とあるお方の指図で動いているんだ。千代田の御城でも重きをなすお方でね、あんたらみてえな木っ端侍なんぞ鼻息ひとつで吹き飛ばすことができる。わりいことは言わねえ。余計な因縁はつけねえほうが身のためだ」

串部に脅しは通用しない。

突如、鰐五に不運が訪れた。

「さあ、帰《け》えってくれ」

そう言って立ちあがった途端、ずんと背が縮まったのだ。

何が起こったのかと、手下たちも眸子《まなこ》を擦った。

が、よくわからない。

すでに、串部は両刃の同田貫を抜いている。

抜き際に一閃《いっせん》させ、臑を一本刈っていた。

「のへっ」

鰐五はあまりの痛みに気を失い、頭から三和土に落ちてくる。

上がり端には、臑毛の生えた足が一本残されていた。

誰ひとり、声を漏らすこともできない。

抗えば髷を失うことだけはわかっていた。

串部は刀身の樋《ひ》に溜まった血を切り、無骨な黒鞘に納刀する。

髷を刈ったあとの脅しはよく効いた。

「おぬしらが水車小屋を爆破させたのだな」

串部の問いに、何人かがうなずいたのである。

巨漢もうなずいた。

串部が身を寄せると、驚いて杵を投げだす。

「鰐五は誰に命じられた」

「……ご、御用百姓の用心棒でさあ」

巨漢は隠しもしない。

石場勘解由を福左衛門の雇った用心棒とおもいこまされているのだろう。

ともあれ、詳しい経緯は瓢簞顔の福左衛門に聞いてみるしかない。

血の池と化した三和土では、鰐五がごそごそ蠢《うごめ》いている。

「早く処置すれば、死なずに済むかもしれぬぞ」

串部に促され、手下どもがようやく動きだした。

——ごおん。

耳朶《じだ》に飛びこんできたのは、辰の五つ（午前八時）を報せる鐘音であろうか。

鐘撞《かねつき》堂のある天竜寺《てんりゅうじ》は目と鼻のさきゆえ、下から強烈な突きあげを喰らったような衝撃を受ける。

巨漢から福左衛門の所在を聞きだし、蔵人介と串部は敷居の外へ出た。

ここからさきは地獄へ向かう一本道、途中で引き返すことはかなうまい。

修羅と化した影鬼主従は、つぎの獲物を求めて街道をさらに先へと進んでいった。

九

新宿上町《かみちょう》のさきには追分があり、左手に行けば甲州街道、まっすぐ進めば青梅街道となる。角筈《つのはず》村の熊野十二社《くまのじゅうにそう》へ野草摘みにくる際は甲州街道をたどるのだが、ふたりは青梅街道を西に向かった。

神田上水を越えて坂道を下れば、中野村の下宿へたどりつく。

右手に千年の歴史を誇る宝仙寺《ほうせんじ》の山門を眺め、旅籠が軒を並べる中宿を通過する。

宝仙寺と同じ真言宗の慈眼寺《じげんじ》が右手にみえてきたところで、ふたりはようやく足を止めた。

鰐五の手下から聞きだしたのは、敷地内に小さな稲荷社のある店だった。

白狐の周囲には、野次馬の人集りができている。

「大殿、嫌な予感がいたします」

敷居の内に踏みこむと、捕り方らしき連中が屯《たむろ》していた。

福左衛門の知りあいだと偽って土足で板の間にあがり、廊下を通って奥の部屋へ向かう。

「うっ」

血腥い臭いが漂ってきた。

部屋を覗くと、福左衛門が血だらけで床柱に凭《もた》れている。

かたわらに立っている人物は、代官の村松忠三郎であろう。

「何だ、おぬしらは」

高飛車に質され、蔵人介は頭を掻いた。

「水戸家の家臣にござる」

と、嘘を吐く。

「お代官ですか」

「そうじゃ」

「内藤新宿の水車小屋が爆発したのはご存じでしょう」

「ああ、知っておる」

「ならば、はなしは早い。そちらとは同じ穴の狢《むじな》、われらが福左衛門のもとへ馳せ参じた目的も同じにござる」

「待て。目的とは何だ」

「無論、口封じにござるよ」

「何を言うか」

村松は息を吸い、配下を呼ぼうとする。

すかさず、串部が身を寄せた。八つ手のような掌で村松の喉首を摑み、壁に押しつけて絞りあげる。

「……く、苦しい」

窒息しかけたところで、力を弛《ゆる》めてやった。

村松はその場に頽《くずお》れ、ぜいぜい喉を鳴らす。

「問いにこたえよ」

蔵人介が声を押し殺した。

「おぬしが福左衛門を殺めたのか」

「……ち、ちがう……わ、わしではない」

「ならば、誰だ」

黙りこむ村松の襟首を、串部が絞りあげる。

「……ま、待て。言うから待て」

歪《ゆが》んだ口から漏れたのは「石場勘解由」という名だ。

「奥右筆の用人か。なるほど、おぬしは安西頼母から一報を受け、石場の首尾を確かめにまいったのだな。それにしても、福左衛門はおぬしにとってもよい金蔓だったはず。よくぞ、口封じに応じたな」

「応じるもなにも、わしには何もできぬ」

安西に言われたとおりに動くだけの木偶《でく》人形らしい。

「木偶人形でも、悪事の筋書きくらいは知っておろう。安西の指図で、鰐五が水車小屋の火薬を爆破させたのだな」

「ああ、そうだ」

「安西の意図は」

「詳しくは知らぬ。されど、斉昭公を嵌めるようなことを申しておったわ」

水戸家の当主を嵌めるとは、首を飛ばされかねない発言ではないか。

幕政を司る重臣たちのあいだで、連日、斉昭公の処遇をめぐって密談が交わされていることは知っていた。厳しい処分を下すべく、誰にでもわかる明快な理由がほしいと思案していたやさきに、火薬の爆発という派手な騒ぎが勃《お》こったのである。

土井や阿部の指図を受けてやったことなのか、それとも、安西頼母が先回りして手柄稼ぎにやったことなのか。いずれにしても、どちらかであろう。

少なくとも、阿部は承知していたにちがいない。

幕府の沽券《こけん》に関わる事態になろうとも、斉昭を失墜させるほうを優先したのだ。

当然のごとく、福左衛門は無用になる。甘い汁を吸ってきた安西にしてみれば、消さねばならぬ邪魔者に映ったはずだ。

廊下の向こうから、配下たちの跫音が近づいてくる。

「来させるな」

串部が両刃の刀を抜き、村松の首筋にくっつけた。

「来るな、来るでない」

村松が必死に叫ぶと、跫音は遠ざかっていく。

蔵人介は冷静に問うた。

「安西は刺客を雇い、普請下奉行の菅沼弥兵衛を闇討ちにした。その件はどうだ。おぬしも知っていたのか」

「……し、知らぬ。何ひとつ知らぬ」

嘘を吐いているのは、態度ですぐにわかる。

「死にたくなければ、正直にこたえよ。どうだ、知っておったのか」

村松は項垂れる。

「ほかには誰が知っておる。普請奉行の池本土佐守も悪党仲間か」

「……そ、そうだ」

土佐守は安西と一蓮托生《いちれんたくしょう》なので、すべての筋書きを了解しているという。

やはり、真っ正直な菅沼が邪魔くさかったのだろう。

「わかった。おぬしに聞くことはもうない」

蔵人介がうなずくと、串部はすっと立ちあがった。

「ふん、助かったとおもうなよ」

背を向けると、村松が震えた声で聞いてくる。

「……ま、まことに、水戸家のご家中なのか」

串部は太い首を捻り、にっと前歯を剝きだした。

「んなわけがなかろう」

「ならば、何者だ。大目付の隠密か」

「隠密より手強いぞ。ふふ、悪代官め、首を洗って待っておれ」

串部の捨て台詞を土産に残し、血に染まった部屋に背を向ける。

得体の知れぬ連中のことが安西や土佐守に伝われば、おのずと警戒を強めることに繋がろう。

小賢《こざか》しい安西のことゆえ、こちらの素姓を察するかもしれぬ。

刺客御用を賜る影鬼主従と知れば、阿部伊勢守を頼ろうとするだろう。

むしろ、じたばたしてもらったほうが、こちらにとっては都合がよい。

阿部の力量を試す好機が訪れるかもしれぬからだ。

もちろん、出方によっては相手が大名だろうと老中だろうと、容赦はしない。

刺し違える相手は、密命を下す張本人の阿部伊勢守になるかもしれぬと、蔵人介はおもった。

十

四日後、卯月二十五日。

太鼓櫓のほうから、腹に響く太鼓の音色が響いてくる。

——どん、どん、どん。

夕の八つ下がりとも言い、老中や若年寄は下城の途に就いた。

ひとり、阿部伊勢守だけは控え部屋に留まり、一刻半（三時間）ほども書面に目を通しつづけ、暮れ六つ（午後六時）を過ぎても部屋から出てこようとしない。政務を手伝う奥右筆や雑事を賄《まかな》う部屋坊主たちにも「帰ってよい」とのお達しが出ていたので、部屋には伊勢守がしかつめらしく座しているだけだった。

そこへ、影のように忍びこんだ者がある。

「お呼びにござりましょうや」

くぐもった声の主は、蔵人介であった。

音も起てずに襖を閉め、その場に平伏す。

「近《ちこ》う」

促されて中腰となり、上座から三間《けん》ほど離れた位置で畏まる。

「もそっと近う」

強く促されて両手をあげ、俯きながら二間の間合いまで膝行した。

ぼそりと、伊勢守がこぼす。

「この間合いなら、余《よ》を仕留めることもできよう」

まちがいない。座った姿勢から跳躍し、脇差であっても、抜きつけの剣で仕留めることができる。

おのぞみならと言いかけ、蔵人介は頭をさげたまま苦笑した。

「おぬしら父子を処分せよと申す者がおる。存じておろう、奥右筆の安西頼母じゃ。欲深い男じゃが、御用部屋に欠かせぬ能吏《のうり》ではある。大炊頭さまなどはご自身の印判を預けておってな、煩雑な案件はほとんどすべて安西に任せておる。安西のごとき能吏に任せておけば、われら老中は雑事から免れ、政事を大所高所から論じ、今なすべきことを的確に下々に指図もできよう。要するに、安西は死なせてはならぬ役人なのじゃ」

「されば、それがしをお呼びになることもなかろうかと」

鬼役父子を断罪せよと、目付に命じればよいだけのはなしだ。

「じつは、迷うておる。それゆえ、呼んだのじゃ」

日々の政務をこなすためには、安西のごとき能吏は欠かせない。ただ、安西には何かが欠けている。幕臣としてというより侍として、いや、人として失ってはならぬ何かが欠落している。

伊勢守もそのことに気づいているのだが、欠けているものの正体をはっきりと摑めずにいる。摑めぬことが、迷いに繫がっているのだ。

「教えてくれ。それは何じゃ」

蔵人介は平伏したまま、微動もしない。

「おぬしなら、しかとこたえることができよう。頼む、教えてくれ。このとおりじゃ」

老中が頭を下げる気配を感じた。

蔵人介は顔を持ちあげ、すっと襟を正す。

「されば、おこたえ申す。奥右筆に欠けておるもの、それは初心にござりましょう」

「ん、初心か」

「はい。民を救い、民を潤す。そのために世の木鐸《ぼくたく》たらんと胸に誓い、諸侯諸役人は晴れやかな御目見得《おめみえ》の朝、先人の方々のおもいが詰まったこの御城へ登城なされます。政事を為さんとする者は私心を捨て、謙虚な気持ちで御役目にのぞまねばなりませぬ。この初心を忘れた者は、いかに有能な者であろうとも、また、いかに由緒正しき筋目のお方とて、天下の政事を司るのは困難かと存じまする」

「天下これ道なきや久し。天まさに夫子《ふうし》をもって木鐸となさんとす……なるほど、初心か」

伊勢守は「論語《ろんご》」の一説を口ずさみ、何度も小さくうなずいてみせる。

多くを語らぬ蔵人介が、めずらしくたたみかけた。

「それがしとて、番士の初心を忘れたことはござりませぬ。番士は政事を司る方々をお守りするのが御役目、道を外した者たちを罰するのも御役目かと」

「番士の初心とは何じゃ」

「道理をまげぬ。これにつきましょう」

伊勢守は、ほっと溜息を吐いた。

「世の木鐸たれかし。おぬしと同じことを言うてくれたお方があった。亡き父じゃ。おぬしに言われるまで、父の薫陶《くんとう》を忘れておったわ。ふふ、おかげで迷いは吹っ切れた。されど、おぬしには余に言いたいことがまだあろう」

蔵人介は小さくうなずき、殺気の籠もった声を発する。

「ご老中の密命によって、忠臣がひとり命を絶たれました」

「普請下奉行のことは知っておる。されど、鬼役は手を下さなんだのであろう」

「下したも同然にござります」

「余の判断はあやまっておった。それをみとめよと申すか」

「おみとめいただいても、忠臣は還《かえ》ってまいりませぬ」

「されば、どうせよと」

蔵人介が眼光鋭く睨みつけると、伊勢守の顔から血の気が失せた。

「やはり、刺し違える腹でまいったのか」

「御意」

「余が生きのびるには、どうすればよい」

ぴんと、空気が張りつめる。

跳ぶか、跳ぶまいか、一抹の逡巡があった。

蔵人介は跳ばず、平伏してみせる。

「畏れながら、初心をお忘れなきよう」

「……わ、わかった」

剣術の勝負ならば、一本取っている。

伊勢守はうなずき、口を真一文字に結んだ。

蔵人介は腰を浮かせ、中腰になって後退る。

部屋から退場し、わずかに顔をしかめてみせた。

武者隠しに番士たちの気配を察していたら、おそらく、抜きつけの剣で心ノ臓をひと刺しにしていたにちがいない。

番士の気配はなかった。

伊勢守も死を賭しているのだと察し、生かすべきかもしれぬと考えをあらためた。

鬼役に密命を下す際は、命懸けで決断を下さねばならぬ。

こたびの件で、そのことを学んでくれたとおもいたい。

木鐸を守護する者として、蔵人介にはやらねばならぬことがある。

ことばは発せずとも、伊勢守に密命を下されたものと受けとっていた。

――安西頼母を断罪せよ。

切腹という手順を踏めば、往生際で悪あがきをされかねない。

鬼役父子の手で闇から闇に葬るしかないと、伊勢守も心に決めたのだろう。

蔵人介も大いに学ばせてもらった。密命を選《え》り好みすべきではなかろうが、できぬものはできぬと態度でしめすことも時には必要なのかもしれぬ。いずれにしろ、それなりに年輪を刻んだ者でなければ、老中相手に強意見などできぬだろうし、相手の心にも響くはずがなかった。

言うまでもなく、命など最初から捨てる覚悟でのぞまねばならない。

「卯三郎にはまだ、できぬことだな」

蔵人介はひとりごち、土圭之間から中奥へ戻っていった。

十一

三日後の夜、蔵人介は卯三郎と串部を連れ、浮世小路へやってきた。

土田伝蔵から報せがあり、奥右筆の安西頼母が御用達を狙う商人の宴席に呼ばれているとわかったからだ。

「新たな金蔓は、阿漕《あこぎ》な材木商らしいですぞ」

串部はそわそわしながら『百川』の表口を睨んだ。

「火事があれば、嬉々として材木を手配する。他人の不幸を喜ぶ手合いに、ろくなやつはおりませぬ」

人でなしであろうことは想像に難くないが、材木商は今宵の的ではない。狙いはあくまでも、身の程をわきまえぬ奥右筆にほかならなかった。

「従者が何人かおる。用人の石場勘解由以外は斬るな」

蔵人介の念押しに、串部は快活に応じた。

「承知しております。面が割れぬように、大殿にわざわざ、こちらもご用意いただきました」

串部が懐中から取りだしたのは、蔵人介の手になる不動《ふどう》の能面であった。目は怒りで吊りあがった瞋目《しんもく》、瞳の孔《あな》は右目が正面、左目が下を向いた天地の目をしている。顔につけてみれば、恐ろしさがわかる。巻毛の頭髪と眉は茶で、顔色は蒼《あお》い。鰓《えら》が張り、大きく開いた口の上下には四つの牙が生えていた。

一方、卯三郎には雷を鉾《ほこ》に持つ天神《てんじん》の能面を預けてある。銀杏《いちょう》形の目には金泥《こんでい》をほどこし、顔は赤みがかった朱華《はねず》色で頬の肉付きは厚く、大きな鼻の下に八の字髭《ひげ》を生やしており、歯はお歯黒で染めておいた。

蔵人介はいつもどおり、武悪《ぶあく》の狂言面をつける。目尻の垂れさがった大きな目と上歯を剝いて下唇を嚙みしめた口、滑稽味のある武悪面をつければ、たちまちのうちに悪を裁く閻魔の化身に豹変《ひょうへん》するのだ。

夜が更けると、次第に串部の口数も少なくなってきた。

大路に通じる辻向こうから、二挺の空駕籠が滑りこんでくる。

「そろりとお帰りだな」

串部はつぶやき、小首をかしげる。

「二挺とも、武家の乗る権門《けんもん》駕籠ですな」

ほどなくすると、表口がざわめきだした。

頭巾で顔を隠した侍がふたり、ほぼ同時に出てくる。

纏う着物も背恰好も同じで、見送りの女将と材木商らしき肥えた男はどちらにも同じように頭をさげた。

頭巾侍のひとりが前の駕籠に乗り、もうひとりが後ろの駕籠に乗る。

双方に提灯持ちの折助《おりすけ》と従者らしき侍がひとりずつ従き、どちらが安西かの区別もつかない。

単純だが、刺客の的を外す手段としては有効だった。

しかも、微塵流の遣い手である石場勘解由はみあたらない。

駕籠が動くまえに、串部は気づかれぬように辻向こうへ走りだす。

前の駕籠が動きはじめた。

「えい、ほう。えい、ほう……」

辻向こうに鳴きが遠ざかっても、後ろの駕籠は動かない。

卯三郎が音もなく離れていった。

小路のなかで挟み打ちにするためだ。

一番目の駕籠は串部に任せ、蔵人介と卯三郎は二番目の駕籠を狙うしかない。

駕籠が動くと同時に、蔵人介も物陰を離れた。

駕籠尻に従き、間合いを詰めていく。

「うへっ」

提灯持ちの折助が叫び、駕籠が止まった。

行く手には、天神の面をつけた卯三郎が立ちふさがっている。

蔵人介も武悪の面をつけ、駕籠の後ろにまわりこんだ。

「こっちだ」

合図を送ると、若い従者が白刃を抜いた。

「くせものめっ」

駕籠かきどもは恐れをなし、ふたり同時に逃げだす。

駕籠が地べたに落とされても、乗っている客は降りてこない。

蔵人介は低い姿勢で迫り、抜き際の一刀で従者の首筋を峰打ちにした。

「ひぇっ」

折助は提灯を捨て、尻をからげて逃げだす。

それと入れ替わるように、脇道から人影が飛びだしてきた。

金壺眸子の用人、石場勘解由である。

「後ろじゃ」

声を掛けてやると、卯三郎は振り向きざま、水平斬りを繰りだした。

「おっと、危うい」

石場は余裕で躱し、素早く白刃を抜きはなつ。

卯三郎は天神の面を外し、足許にそっと置いた。

ふたりは五間の間合いで睨みあい、爪先で躙《にじ》りよっていく。

蔵人介は駕籠の人物に気を向けた。

石場が残っていたということは、乗っているのは安西にちがいない。

「ぬりゃっ」

卯三郎と石場が土を蹴り、ほぼ同時に斬りかかった。

微塵流の奥義《おうぎ》には、躱し難い二段突きがある。

ところが、石場は突くとみせかけ、小手裏斬りを狙ってきた。

「すりゃっ」

卯三郎に小細工は通用しない。

手にしているのは、十人抜きの褒美《ほうび》にと、斎藤弥九郎から頂戴した秦光代《はたみつしろ》である。

鈍い光彩を放った名刀は、相手の初手を下から強烈に弾き、弾いた勢いのまま、逆袈裟で胸を斜めに裂いた。

ばっと血飛沫が散り、石場は声もあげずに斃《たお》れていく。

そのとき、駕籠の垂れが跳ねあがった。

のっそり出てきたのは、安西頼母にほかならない。

「おぬしの相手はこっちだ」

蔵人介が後ろから声を掛ける。

すでに、武悪の面は外していた。

振り向いた安西は、右手に短筒《たんづつ》を握っている。

「鬼役め、そこまでじゃ」

ゆっくり右手を持ちあげ、至近から筒口を向けた。

「材木屋から土産に貰った。二連発の短筒よ」

蔵人介は刀の柄に触れたまま、彫像《ちょうぞう》のごとく動かない。

「この間合いなら、よもや、外すまいぞ」

「さて、どうであろうか」

「ほう、死にたいようじゃな」

安西は前触れもなく、引鉄《ひきがね》を引いた。

――ぱん。

乾いた筒音とともに、左肩に衝撃を受ける。

と同時に、蔵人介は右手で笄《こうがい》を投じていた。

笄は直線の軌道を描き、筒口に吸いこまれる。

ちょうど、蓋《ふた》をした恰好になった。

安西が嘲笑う。

「二発目は外さぬ。死ぬがいい」

撃針が落ちた瞬間。

――どん。

短筒が暴発した。

「ぎゃっ」

安西の右腕が石榴《ざくろ》のように裂け、首筋や顎に細かい破片が刺さる。

蔵人介が叫んだ。

「卯三郎、止《と》めじゃ」

「はっ」

卯三郎は駆け寄り、脇構《わきがま》えから伸びあがるように白刃を薙《な》ぎあげた。

――ひゅん。

安西の首が宙に飛ぶ。

堀川に落ちるや、水飛沫があがった。

蔵人介ばりの見事な飛ばし首である。

首無し胴は倒れず、鮮血を噴きあげていた。

そこへ、串部が息を切らしながら戻ってくる。

「くそっ、遅かりし内蔵助《くらのすけ》か」

不動の面をつけたまま、吐きすててみせた。

蔵人介は、がくっと片膝をつく。

どうやら、血を流しすぎたらしい。

「大殿……ど、どうされた」

狼狽《うろた》える串部を尻目に、卯三郎が手早く血止めの処置をする。

「……く、串部よ、負ぶってくれ」

「もちろんにござります」

串部に背負われると、意識が朦朧《もうろう》としはじめる。

不覚を取ったなと胸中に漏らし、蔵人介は気を失った。

十二

褥《しとね》の上で目覚めると、かたわらに志乃が座っていた。

どうやら、丸二日も眠っていたらしい。

身を起こそうとすると、左肩に激痛が走る。

「起きずともよい。不覚を取ったな。鉛弾は貫通しておったが、当面は椀も持てぬであろう」

常と変わらぬ皮肉交じりの口調だが、心の底から案じていたことは、窶《やつ》れた顔からも察することができた。

「それにしても、辻強盗とまちがえられ、商人に短筒で撃たれるとは情けない。おぬしも、ずいぶん耄碌《もうろく》したのう」

鬼役の裏御用を知ってか知らずか、志乃は毒を吐きつづける。

それから、さらに数日は安静に過ごし、からだのほうも快復してきた頃、公人朝夕人の伝蔵から普請奉行の池本土佐守と代官の村松忠三郎が切腹したとの一報がもたらされた。切腹の理由は定かにされておらぬが、表向きは御役目怠慢とのことらしい。

暦も替わって今日は端午《たんご》の節句、御三家を筆頭に諸大名の総登城がおこなわれる。

家で休んでいると、午《ひる》過ぎになって一挺の駕籠が寄こされた。

幸恵が慌てた様子でやってくる。

「江戸勘《えどかん》のお駕籠でござります。ご使者はおられませぬが、何でも、水野越前守さまのお言いつけでまいったとか」

「乗れということか」

「さようにござりましょう。さ、お着替えを」

「ふむ」

左手が使えぬので、着替えるのにひと苦労せねばならなかった。

が、ともあれ、黒地に鮫小紋の肩衣半袴《かたぎぬはんばかま》を着ける。

何処へ連れて行かれるかはわからぬが、帰りは余裕があれば俎橋にある綾辻家をまわってこよう。

それならばと、幸恵は義父が好物だという柴漬けを持たせてくれた。

蔵人介は柴漬けの包みを抱え、立派な駕籠に乗りこんだのである。

駕籠かきは鳴きを入れるだけで、余計なことはいっさい喋らない。

急勾配の浄瑠璃坂を一気に駆けおり、市ヶ谷門から半蔵門へと駆けぬける。

御濠の土手道に沿って駕籠に揺られつづけ、連れて行かれたさきはほかでもない、大手門の外であった。

駕籠から降りると、見掛けたことのない月代侍が待ちかまえている。

無言で後ろにしたがうと、御門の端に侍《さむらい》烏帽子《えぼし》の人物が佇んでいた。

纏う素襖《すおう》は木賊《とくさ》色、水野越前守忠邦にほかならない。

蔵人介は小走りになり、水野の面前で片膝をついた。

「よいよい、堅苦しい挨拶は抜きにせよ」

「はっ」

「されば、まいろうか」

わざわざ、御門の外まで迎えにきてくれたのか。それだけでも恐縮の極みだが、忠邦に以前の精悍《せいかん》さはない。鶴の一声で老中部屋から遠ざけられて以降、豪腕をもって幕政を仕切っていた頃の威勢は消えてしまった。

それにしても、何処へ連れて行こうというのか。

しかも、後ろにしたがうのは蔵人介しかいない。

実質は下野させられたとはいえ、遠江国浜松藩七万石を領する大名である。

なるほど、蔵人介は命を助けてやった。が、本来ならば、直にはなしのできる相手ではない。どうして誘われたのかもわからず、蔵人介は戸惑いながらも従《つ》いていくしかなかった。

前後になって下乗橋を渡り、三ノ門を潜れば、左手に百人番所がみえてくる。

番士がちらほら立っているだけで、行き交う諸侯諸役人の人影はない。

忠邦は百人番所の端へ向かい、立ち止まって右手斜め前方の中ノ門をみつめた。

「ここでしばらく待つとしよう」

いったい、誰を待つというのか。

心ノ臓が不規則な鼓動を刻みだす。

「ひとりでは、さまにならぬ。かといって、事情を知らぬ者を侍《はべ》らせても味気ない。おぬしがちょうどよいとおもうてな、わざわざ足労してもろうたのじゃ」

「もったいない、おことばにございまする」

「伊勢守に聞いたぞ。おぬしの裁量で、厄介事をひとつ片付けてくれたらしいの。あやつは言うておったわ。遥かに下の者から、生まれてはじめて強意見されたとな。わしは言うてやったのよ。天下を統《す》べるつもりならば、失ってはならぬ手札の一枚、それが鬼役じゃとな」

「畏れ多いことにございまする」

「ふん、まあよい。今日で最後になるそうじゃ」

「えっ」

「知らぬのか。明日、斉昭公に隠居謹慎の沙汰《さた》が下される。上様の御前に参じられるのは、今日で最後になるであろう。老中であった頃、斉昭公にはようしていただいた。せめて、お見送りだけでもせねばなるまいとおもうてな」

あまりのことに、蔵人介はことばを失った。

やがて、中ノ門の辺りがざわめき、堂々とした体軀《たいく》の人物があらわれる。

群青《ぐんじょう》色の長裃《ながかみしも》を着けた斉昭であった。

たったひとりで御門を潜り、踵《きびす》を返して一礼する。

そしてまた、こちらに向きなおり、胸を張って歩きだした。

かたわらの忠邦は涙ぐみ、深々と頭《こうべ》を垂れる。

後ろに侍る蔵人介も、貰い泣きしそうになった。

斉昭は素通りするかとおもいきや、向きを変えて近づいてくる。

「どなたかとおもえば、御老中ではござらぬか」

達観したような穏やかな口調に、忠邦は神妙な顔で応じた。

「中納言さま、それがしは幕閣を離れた身にござります」

「いいや、わしのなかでは、おぬしだけが唯一無二の老中じゃ。見送りに来てくれたのか」

「はっ」

「こうなってみると、おぬしの気持ちがようわかる。たとい、水戸の当主といえども、出る杭《くい》は打たれる。こたびのことで、それがようわかったわ」

「しばしのご辛抱にござります。中納言さまには、畏れながらかならずや、お声が掛かりましょう」

「誰が声を掛けると申す。上様か」

「いいえ、世の趨勢《すうせい》にござります。激流のごとき時の流れに抗うには、中納言さまのごとき辣腕《らつわん》の将にご出座いただかねばなりませぬ」

「ふふ、おぬしだけよ。そう言うてくれるのは。ところで、後ろに控えておるのは誰じゃ」

ふいに水を向けられ、蔵人介は深々とお辞儀をする。

「面《おもて》をあげてみせよ」

「はっ」

くっと顔を持ちあげると、小さな嘆息が漏れた。

すかさず、忠邦が口を挟む。

「中納言さま、この者をご存じであられましょうや」

「深川洲崎の狩場で会うたな。御城に棲む鬼であろう」

「よくぞ、おぼえておいでになられましたな」

「命を救うてもろうたからな。それに、こやつはわしに自重しろと強意見しおった。その場で首を刎ねてくれようとおもうたほどじゃ」

「ふふ。鬼役を子に譲ったあとは、差し出口を叩くようになったようで」

「なるほど、御老中も存じよりの者であったか。されば、襟を正して意見を聞かねばなるまいて。くはは、それにしても、千代田の御城の中には消したい輩が多すぎる。そやつらの顔でも思い出しながら、しばらくはのんびりいたすとしよう」

呵々大笑《かかたいしょう》しながら、斉昭は御門の向こうへ消えてしまう。
やはり、天保の世では稀にみる豪傑なのかもしれぬ。
忠邦の言うとおり、世の趨勢によっては斉昭を必要とする時が訪れるのであろう。
「さればな」
蔵人介は去っていく忠邦を見送り、みずからも大手門の外へ戻った。
御濠に沿って北側の外周をぐるりと廻り、九段坂の中腹をめざす。
幼馴染みを失った市之進には、きちんと事の顚末《てんまつ》を伝えておかねばなるまい。
そして、忠臣として亡くなった菅沼弥兵衛の名誉を回復させねばならなかった。
今日は手ぶらではなく、幸恵に持たされた柴漬けがある。
亀戸《かめいど》天神の藤棚が見頃なので、誘ってほしいとも言付けされた。
病がちの義父が来られずとも、みなで近々、遊山へおもむくことになっている。
久方ぶりに、のんびりした気分で藤を愛《め》でるのもよかろう。
試しに、左腕を持ちあげてみた。
「うっ」
激痛に顔を歪める。
肩の骨を一部砕かれたのだろう。

椀の持ち方からはじめ、毒味修行をやり直さねばならぬかもしれぬ。

「詮方あるまい」

蔵人介はつぶやき、ふっと微笑む。

心地よい薫風《くんぷう》に頬を撫でられながら、九段坂をゆっくり下りていった。

光文社文庫

文庫書下ろし／長編時代小説

初《しょ》　心《しん》　鬼役《おにやく》 三十三

著　者　坂《さか》　岡《おか》　真《しん》

2023年4月20日　初版1刷発行

発行者　三　宅　貴　久
印　刷　新　藤　慶　昌　堂
製　本　ナショナル製本

発行所　株式会社　光　文　社
〒112-8011　東京都文京区音羽1-16-6
電話（03）5395-8149　編　集　部
8116　書籍販売部
8125　業　務　部

ISBN978-4-334-79521-4　Printed in Japan

組版　萩原印刷

鬼役メモ

画・坂岡 真

キリトリ線

※ページ内側にあるキリトリ線で切って、備忘録にお使い下さい。

キリトリ線

鬼役メモ

画・坂岡 真

※ページ内側にあるキリトリ線で切って、備忘録にお使い下さい。

キリトリ線

鬼役メモ

画・坂岡 真

※ページ内側にあるキリトリ線で切って、備忘録にお使い下さい。

キリトリ線

鬼役メモ

画・坂岡 真

※ページ内側にあるキリトリ線で切って、備忘録にお使い下さい。